「またで散りゆく」　目次

Ⅰ

またで散りゆく——岩本栄之助と中央公会堂

――「朝日新聞」一九八九年五月九日―六月十八日連載三十一回

その秋を　またで散りゆく　紅葉かな

この句は北浜の風雲児といわれた株仲買人、岩本栄之助の辞世である。彼は大正五年（一九一六）十月二十七日午前十時三十分に死去した。三十九歳の若さである。

当時の株式相場は、第一次世界大戦下にあって暴騰をつづけていたが、栄之助は地場弱気、つまり相場は下落に向かうと見る大阪の仲買人たちの懇請にこたえて、売り方にまわっていた。しかし、株式の寵児《ちょう》とまでいわれた彼にも流れは変えることが出来ず、常軌を逸した番狂わせ相場に、刀折れ矢尽き、ついに拳銃《けん》で自決をはかった。

人と車と、そして銭がはげしく行き交う町。大阪砂漠と貶《けな》す人もいるようだが、そうすると、中之島公園のある緑と水につつまれた地域は、さしあたりオアシスということになるのだろう。ここには、大阪人の心を慰める図書館があり、公会堂がある。

赤レンガの映える中央公会堂は、近代大阪の名建築の一つとして、日本建築学会がピックアップした。大正七年十一月十七日の落成になる。若くして逝った岩本栄之助が、私財百万円を寄贈することによって完成をみた。米一石（百五十キログラム）が十七円三十五銭の時代である。この十一月には大戦が終結し、翌年五月七日には昭和天皇の成年式奉祝会がこの公会堂で催されている。

栄之助は大阪の文化、ひいては関西の文化の発展を強く願っていたという。

市民たちはこの建物に「中之島の公会堂」という親しみのこもった呼び名を与え、演奏会や演芸会を楽しみ、講演会や演説会に啓蒙《もう》され、また自ら集会を開くなど気軽に出入りし利用した。建設されて満七十年。その間の主な行事を、ほんの少し拾い出してみる。

ロシア歌劇団「アイーダ」公演（大正八年）、ヤッシャ・ハイフェッツ（バイオリン・大正十一年）、フェオドル・シャリアピン（独唱会・昭和十一年）、湯川秀樹博士講演会（昭和二十五年）、ヘレンケラー女史講演会（昭和三十年）、そのほか犬養毅、若槻礼次郎、浜口雄幸、鳩山一郎などの演説会。

こうしてみてくると、聴衆にふかい感銘を与えたであろう集会は数え切れない。栄之助が望んだ文化の発展に公会堂は大いに寄与し貢献していたのだ。しかし、「大阪の財界では珍しい人格者」(『野村得庵本伝』)といわれた岩本は、その公会堂が落成するのを待たずに散っていった。

*

栄之助は、明治十年(一八七七)四月二日、大阪市南区安堂寺橋通二丁目一〇九番屋敷で、両替商を営む岩本栄蔵の次男として呱呱《ここ》の声をあげる。

父栄蔵は和歌山県海草郡鰈川村(現下津町)の出身、安政三年(一八五六)二十歳の時に大阪に出て、蠟《ろう》の行商にたずさわる。刻苦して蓄財し、のちに南大組第五区安堂寺橋通に両替商「銭屋《ぜにや》」を経営するまでになった。言葉数の少ない実直な人柄で、信用は厚く、明治十七年から二十八年まで市内四区両替商総取締をつとめあげている。

栄之助の生まれた年の十二月、東京株式取引所の設立が許可される。しかし、これは翌年五月に新条例が出されたことで再出願ということになり、渋沢栄一らによって創立願いが出され、同月十五日に設立免許がおりる。これに呼応するかのように、六月十七日には大阪株式取引所の設立免許がおりる。これは五代友厚らによって創立出願がされた。ちなみに東京株式取引所の開業は六月一日、北浜の大株はすこし遅れて八月十五日であった。この時の株式仲買人の員数は六十人に限定されていたが、俗に〝銭栄《ぜにえい》〟と呼ばれていた「銭屋」も、鴻池・住友などとともにその一員となった。

そのころの銭屋の間口は六間（約十一メートル）、奥へつながる通り庭があり、店の間の結界（帳場格子）内では番頭が三、四人そろばんをはじき、帳簿をつけていた。主人の栄蔵は次の間に端座し沈思黙考していることが多かったが、ときにはほうきを手にして庭や店の外の往来を掃き清めたりした。身辺をつねに整理し、小さなごみの落ちているのをも嫌ったのである。

このようにして彼は毎朝、株式取引所に入って場立ちをするまでに、深い黙想のなかで売買の方針をきめ、あとは縦横にかけ引きしてほとんど負けることを知らなかった、といわれる。

栄蔵が市内四区両替商総取締に選ばれた翌年、大蔵卿松方正義は紙幣の正貨兌換《だかん》開始を建議し、政府は発行紙幣を明治十九年一月より銀貨に兌換し、消却することを定める。明治十八年末までに日銀が消却（＝負債、借金の返済）した紙幣高は百六十万円余にのぼり、紙幣整理による不況はその極に達した。いわゆる「松方デフレ」である。非難の声は全国に満ちあふれた。

黙然、と一日中座りつづけていた栄蔵は、蝙蝠《こうもり》が軒端をかすめるころ、すっくと立ち上がった。

＊

〝松方デフレ〟によって農民の公租は実質上かなりの負担増となり、公租不納のために強制処分をうけた者は十万人を突破するありさまであった。公売、官没処分をうけた土地も数多くあった。こうして地方で農家などが売りに出した古金銀類が、古物商などの手を通じて大阪にも出回りはじめていた。栄蔵はこれらを積極的に購入した。市場にだぶついている貴金属類だが、近い将来、必ず供給は減少し、景気の回復とともに高騰するであろう、と彼は考えたのである。

明治十九年（一八八六）に入って、彼はまた下落していた大阪商船株を買いすすめた。資本金百二十万円。頭取は広瀬宰平で明治十七年五月に開業したばかりの会社である。松方デフレによる経済界の不振と相まって、業績はさっぱりのボロ会社株を栄蔵は資力のつづく限り買い込んだ。いまは最低だが、景気はやがて反転する、と彼は読んだ。そして、遠距離間の人びとの往来はより頻繁となり、物資の輸送もより繁忙となる。そこで、交通機関としての大阪商船の売り上げは飛躍的に伸びるであろう。瞑想三昧《めいそうざんまい》の栄蔵のつむった瞼の裏には買の一文字以外には何もなかった。日本最初の都市間近郊鉄道である阪堺鉄道会社が、難波―堺間をやっと全通させる二年前のことである。

栄蔵の思惑は見事にあたった。明治十九年も下半期に入ると、鉄道事業をはじめとして、紡績、鉱山業などの新規会社がぞくぞくと設立されはじめ、企業勃《ぼっ》興の波は明治二十二年末ごろまで続くことになる。経済界の好転に伴って、栄蔵は莫大な利益を取得し、「銭屋」の基礎を強固なものにしたのだった。

順風満帆の「銭栄」にも、一時暗い影がさした時期がある。栄之助の兄であり、栄蔵と妻ていにとっては、最愛の後継ぎである長男栄治郎が急死した明治二十五年五月八日以後のしばらくである。栄治郎は大阪市立商業学校（のちの商大、現在の大阪市立大学）卒業後、父をたすけて家業に従事していたが、一方で幸田露伴の小説「五重塔」「運命」や、尾崎紅葉の「伽羅枕」「多情多恨」などを愛する文学青年でもあった。のちに染織家となり帝展審査員にもなった近所の竜村平蔵などと、文学や芸術について語りあうサークルをつくったり、個人誌を出したりもする親分肌の好青年であった。

それだけに両親の嘆きも深かった。

しかし、明治二十七年、次男の栄之助が大阪市立商業学校本科を卒業し、父をたすけて帳簿などを見るようになると、店にも奥にも時に笑い声が聞こえるようになってくる。

＊

「銭屋」の栄蔵は大阪商船株と古金銀の売買で多大な利益を得た。しかし単なる相場師ではなかった。誠実な人柄だったので、市内四区両替商総取締に選ばれ、十年余にわたってその任にあったくらいである。大正二年（一九一三）に東雲新報社より刊行された「大阪の人」には〝株界の聖者〟で、飽くまでも商法の正道を履んで、邪心なし、と評されている。

几帳面で寡黙な栄蔵にくらべて、妻のていは明るく愛想のよい何かにつけてよく気のつく人だった。彼女の存在が銭栄の店や家庭に不思議なぬくもりをもたらしていた。厳父と慈母のもとに栄之助はすくすくと素直に、また健やかに育った。学齢期になると渥美小学校に通った。卒業後は大阪市立大学の前身である大阪市立商業学校に入った。五歳年長の兄栄治郎の影響をようやく受けはじめ文学に関心を持つ。四つ下の妹八重、六つ下の末弟の栄三郎をもかわいがり、仲の良い四人兄弟であった。

敬愛していた兄栄治郎の急死で、気落ちしていた栄之助であったが、商業学校本科卒業後は大阪清語学校・明星外国語学校に通い、鋭意外国語と商業学研究に身を入れはじめる。そして、一方では番頭たちに交じって店の仕事を熱心にこなしていく。

父の栄蔵はそんな栄之助が頼もしく思えた。また栄之助は、取引所のある北浜で少しずつ家業の「てにをは」を会得していく。明治二十八年五月、清国（中国）山東半島東北部にある港市・芝罘（チーフ）で、日清戦争終結のための講和条約批准書が交換され、十月末には軍事賠償金二億両（テール）のうち五千万両が清国より払い込まれる。戦後の好景気は大阪をも潤し、このころ呉服屋は大繁盛で、夏の二重回しを着用する者が北浜にも目立って多くなっていった。

明治二十九年にはいると、大阪手形交換所が開業し、大阪商船は大阪と台湾の間に航路を開設、日本郵船も神戸・基隆間航路を開始した。大阪瓦斯や川崎造船所（本社神戸）が設立されたのもこの年で、翌年には鴻池銀行（三和銀行前身の一つ）が設立され、北浜銀行（常務取締役岩下清周）が開業する。

この明治三十年、栄之助は二十歳になった。兵役法による徴兵検査を受け、甲種合格となる。父の栄蔵が和歌山鰈川の寒村より上阪、臘《ろう》の行商をはじめるべく決意した年齢である。栄之助は第四師団に入営、一年志願兵となり、陸軍少尉に任官した。

*

「一言にしていうと、わたしから見る栄之助氏はまさに士魂商才の人でした。大阪町人はご承知のとおり、昔から……一種の大阪町人根性というものを持っております。…各大名がお国の物を売りさばくのに…堂島川などに沿って全国の蔵屋敷があり、それにお国の荷がある。それの専売権みたいなものを持っておった。ですから、蔵屋敷にはお留守居がございまして、各藩の大物がおりまして、この人たちを相手にするのですから、大阪の町人の主なるものはいつでも侍につき合うている。それでまあ、いきおい商売人根性じゃない、大阪町人はいいものを安く売っている、ということが伝統的なんです。(だから) 頭を下げない。頭ばかり下げていると、よく、あいつは『おじぎあきんど』だと言って軽べつした。そういう根性があった。岩本君はたしかに、その士魂商才の人なんです」

兄栄治郎の年少の友人でありのちには栄之助の親友となった染織家の竜村平蔵は、昭和二十九年、中央公会堂創設三十五周年「岩本栄之助氏を偲ぶ会」の席上でこのように述べている。平蔵をはじめ、多くの知人が証言している栄之助の剛毅《ごうき》の精神は、伝統的な骨太い大阪町人根性に根ざすものではあったろうが、そのうえに両親の訓育があり、加えて厳しい軍隊生活がその士魂に磨きをかけていったであろうことは、十二分に推察し得るところである。

一年志願兵として第四師団で剛毅の精神を養い、陸軍歩兵少尉に昇進して、明治三十一年に栄之助はなつかしい安堂寺橋通の銭栄に帰ってきた。この年には、三和銀行の前身の一つである山口銀行が設立され、大阪商船が揚子江沿岸航路上海・漢口線の営業を始めていた。神戸瓦斯が設立され、大阪舎密工業がコークス炉の運転を開始し、のちに阪神電気鉄道と改称する摂津電気鉄道が設立された。

栄之助の性格を義理堅く男らしいとか、きれいなと業界の人々は評価している。銭栄に出入りする海千山千の相場師たちにもそんな士魂商才の二代目は愛された。明治三十二年にはいると、かねてからその力量をはかっていた父の栄蔵は、自分の代理人として栄之助を取引所の場立ちにおくった。凜乎《りんこ》としたものを、つねにその身近にただよわしていた、という若武者が、はじめて株式仲買の業務に手を染めるのである。

この年の三月、ロシアとイギリスは清国における鉄道敷設権の範囲についての協定に調印した。揚子江流域はイギリス、長城以北はロシアに定めるという。

＊

葉桜や　たしかにとどく　暮れの鐘

栄之助は浩洲あるいは耕舟と号して、よく俳句をものした。書は村田海石の流れを汲む書家の門にはいって習った。なかなかの達筆である。前掲の句は、花が散って若葉が出はじめたころの暮春の夕べの情緒がそこはかとなく伝わってきて美しい。そして、生活人としての落ち着きも何となく感じられる。株式仲買人として（もちろん父の代理だが）、着実に、一日一日と実績を重ね続けている栄之助の心象風景を、この句は示しているとも思えた。

明治三十三年（一九〇〇）から三十六年にかけて、大阪合同紡績が設立され、大阪砲兵工廠《こうしょう》ではニッケル鋼、クロム鋼の製造がはじまり、山陽鉄道の神戸・馬関（のちの下関）間が全通した。住友鋳鋼所（住友金属工業の前身のひとつ）も開業した。

神戸では合名会社鈴木商店（総支配人・金子直吉）が設立され、大阪では市営電気軌道の花園橋・築港埋立地間が三十六年に開通した。これは、市営電車の始めである。

この間、日本はロシアと満州（現中国東北部）、朝鮮に覇権を争っていたが、明治三十七年二月十日、ロシアとの交渉を打ち切り宣戦を布告した。日露戦争のはじまりである。栄之助も予備陸軍歩兵少尉として召集に応じ、大阪第四師団兵站《へいたん》司令部副官となり、一時広島の兵站司令部で軍務に服した。このころ、友人の染織家、竜村平蔵あてに手紙を出しているが、その文中に次の一句が挿入されていて、竜村は後年たびたび思い出して涙ぐんだ、と知人に語っている。

散る花を　受ける袖なき　別れかな

「ちょうど桜の散る時分でした。…その時分は和服ばかりで、洋服は特別の人でなければ着ていなかった。それが軍服姿だったので、前掲のような句となったのだが、散る花に寄せる思いは単に戦線が視野にはいっているだけではなく、伝統的な潔い武人の死を、その時分から覚悟しておったのではないか」と、竜村は述懐している。

広島勤務ののち、栄之助は第二軍（司令官・奥保鞏大将）に隷属して、赤い夕日の沈む満州の曠野に転戦することになる。明治三十八年元日付の軍事郵便が残っている。父栄蔵あての賀状だが、発信人は岩本中尉になっている。栄之助は三十七年中に中尉に昇進し、また兵站部軍法会議判士にも任じられた。

＊

日露戦争のはじまった明治三十七年（一九〇四）二月、中之島に大阪図書館（現大阪府立中之島図書館）が開館した。住友吉左衛門が申し出た二十五万円の寄付が大きな財源となって話が進み完成をみたものである。名建築として今も威容を誇っている。

この年九月、情熱の歌人、与謝野晶子は「明星」に「君死にたまふことなかれ―旅順口包囲軍の中に在る弟を歎きて―」を発表した。批評家大町桂月は宣戦詔勅を非議する危険思想として問題視した。

旅順の城はほろぶとも

ほろびずとても、何事ぞ
君は知らじな、あきびとの
家のおきてに無かりけり
君死にたまふことなかれ
すめらみことは、戦ひに
おほみづからは出でまさね
かたみに人の血を流し
獣の道に死ねよとは
大みこころの深ければ
もとよりいかで思されむ

四十行あまりの詩のうち、この部分について特に非難したのだった。晶子は自分の詩を危険だというが、「当節のやうに死ねよ死ねよと申し候こと、又なにごとにも忠君愛国などの文字や、畏《おそれ》おほき教育御勅語などを引きて論ずることの流行は、その方却《かえ》って危険と申すものに候はずや」などと反論している。

栄之助は親友の竜村平蔵に「散る花を受ける袖なき別れかな」の一句を広島から送り、あわただしく前線に出動していったが、この句は何となく晶子の詩に照応していて、愛《かな》しく美しい。

旅順第一回総攻撃は第三軍（司令官乃木希典大将）により、八月十九日から二十四日にかけて敢行されたが失敗に終わった。二回、三回と重ね、やっと二〇三高地を占領したのは十二月五日である。その間、日本軍の死傷者は三万六千六百余を数えた。まさに「風なまぐさし新戦場」である。

明治三十八年九月五日、アメリカのポーツマスにおいて日本とロシアは講和条約に調印したが、戦争による両国の死者、廃失者は十一万八千人にのぼった。

「君死にたまふことなかれ」。父の栄蔵も母ていも心のうちではこのように願っていたことであろう。栄之助は散る花とはならず、翌年一月、無事に故国に凱旋《がいせん》する。

＊

遼陽の会戦、沙河の会戦、奉天総攻撃などの血を血で洗う修羅の野に転戦しつづけた栄之助は、その間に総参謀長・陸軍大将児玉源太郎（のちの参謀総長）の知遇を受ける。岩本中尉は同僚や部下に対して思いやりがあり、悩みごとなどの相談には親身になって手を差し延べた。また、上官の命には誠心誠意こたえるのを常とし、力を尽くして軍務を処理した。

剛毅《ごうき》な精神の持ち主だった、という知人の評があるが、戦後の平和な家庭にあっても毎日のように鉄亜鈴を使った体操をし、筋肉を鍛えていたという。一本気で曲事を嫌うが、何処となく温かみのある誠実な人柄を、上官の児玉は愛したのであろう。凱旋した明治三十九年（一九〇六）の四月、彼は従七位勲六等単光旭日章を授与されている。

天保八年生まれの父栄蔵はこの年七十歳になっていて、ようやく衰えを感じはじめていた。そして、軍務を終え、精神的にも大きく成長した息子を目のあたりにした栄蔵は、家督を譲ることを決意し、三月はじめ隠居する。戸主となった栄之助は早速に大阪株式取引所仲買人として登録されることになった。

陽春四月、日露戦争後の景気は上昇の一途をたどっていた。「銭栄」の業績も好調に推移していた。栄之助が当時引き継いだ資産は約三十万円だったという。ちなみに、当時の小学校の教員の初任給（月俸）は十円から十三円である。「銭屋」は友人知己、取引先、同業を招いて、開業三十周年の盛大な祝賀式を挙行した。

六月に入って勅令「南満州鉄道株式会社に関する件」が公布され、十一月には株式九万九千株の公募が行われることになった。ところが応募した数は一億六百七十三万余株と、公募数の約千七十倍に達する過熱ぶりとなる。それだけではない。一株五円の払込証拠金領収書が売買の対象となり、たちまち八倍の四十円の値をつけ、ついには九十円に暴騰するという有り様であった。

満鉄株だけが狂騰したのではなかった。そのころの株式は、連日奔騰、また奔騰、といった状況で、買えば必ず儲かる時代であった。「株式三十年史」は、「三十九年下半期殊に年末に際しては、事業の濫興、諸株の飛躍、ほとんど底止するところなく、四囲の状況は最早常調を以って律し難いものであった」と、その間の異様な雰囲気を伝えている。

栄之助が大量に保有していた大阪取引所株も、この年後半、次に記すように他の諸株と同様、激しい値動きを示した。

五月百五十一円五十銭、六月百六十円、七月百七十五円二十銭、八月二百二十二円、九月二百二十四円、十月三百二十四円、十一月三百三十円、十二月四百二十一円。

八カ月で二・八倍の高騰率である。

＊

明治三十九年の満鉄株公募は千七十八倍という空前の応募となり、以後の投機熱をいっそう煽《あお》る役割をはたすことになったが、鐘紡株で巨万の富を得た鈴久こと鈴木久五郎や、福沢諭吉の娘婿、福沢桃介の一攫千金物語などが当時の話題をさらっていた。「成金」という言葉が生まれたのは、まさにこの時である。

栄之助の誠実な人柄を愛した参謀総長・児玉源太郎は満鉄の設立委員長として委員会を統括、開業推進に力を尽くしていたが、この年七月二十三日病を得て長逝した。享年は五十五歳。敬慕してきたかつての上官の死であった。栄之助は居間にこもり、長く深い祈りを捧げて哀悼の意を尽くした。

父の栄蔵に似て、栄之助の性格は堅実そのものであったから、銭屋あらため岩本仲買店は手堅く、熱狂相場にも冷静に対応していた。熱気の渦巻く北浜で、ひとり沈着に歩を進める彼の心の奥底には、満鉄設立を目前にして去っていった児玉への思いがいつまでも揺曳《ようえい》していたのではないかと考えられるふしがある。

大阪株式取引所株は俗に「大株」と呼ばれていた。明治三十九年十二月に四百二十一円の高値をつけた大株は、奔騰のうえに奔騰、翌年一月十七日には六百七十一円の狂気相場を現出した。

売りと買いが激しく交錯する相場の世界。買い方が大勝する時は、売り方が苦境に陥る。後年、野村財閥をつくりあげて名をなす野村徳七は、当時まだ信之助と名のっており、駆け出しの株屋だったが、この相場を理論的に弱気し、つまり下落に向かうと読んで、がむしゃらに大株を売りまくっていた。

明治四十年一月の大株相場の動きを任意に拾い出して記すと、四日三十円高、七日二十二円高、九日四十八円高、十一日四十六円高、十六日五十八円高、十七日五十一円高といった具合である。まさに棒立ち相場で、売り方の目はつり上がり、買い方の手はふるえ、関係者のすべてが夢見る思いであったという。

あまりにも激しい暴騰であった。このようにして、翌十八日には帳簿整理などを理由に、市場は臨時休会をせざるを得なくなる。野村商店の信之助は、この狂騰になすすべもなく、追証《おいしょう》請求、つまり相場の損方が支払わねばならない追加証拠金の請求から逃げるために、人力車に身を隠し、大阪の町を一日中あてもなく回って過ごした。

大株の棒立ち相場に音をあげ、青息吐息の体たらくであったのは、野村信之助ひとりだけではなかった。地場筋と呼ばれる大阪市場の仲買人の大半も売り方にまわっており、困難な崖っぷちに立たされていた。

＊

市場は明治四十年一月十九日に再開された。この日、鐘紡株などは利食い売りが出て下押ししていたが、大株のみは高値を次々に更新、大引け、つまり立ち会い最終の株価は、なんと七百七十四円九十銭と大躍進をみたのであった。しかも、大引けのすぐあとに「九百円カイ」の声があがったりして、売り方の肝を冷やす気配であった。

地場売り方の代表十余名が、安堂寺橋通の岩本家をたずねてきたのは、翌二十日の日曜日である。栄之助は大阪株式取引所の大株主であった。その持ち株全部を売ってほしい、というのである。必死の懇願であった。前夜、心斎橋の料亭「はり半」での集会で話し合い、野村信之助などが渇望していた起死回生のための最後の魔法の杖が、栄之助の手に握られているのであった。

それぞれに口角泡をとばし、なかには血の気の失せた顔をさらに青くして、涙を流す者も出た。「もう、わてらは破産の一歩手前だす。なんとか助けておくんなはれ！」

前にある円形のテーブルに叩頭《こうとう》せんばかりの様子で、売り方の陣営にも加わって頂きたい、とその窮状を訴えつづけるのであった。

栄之助は黙って腕組みしたまま聞いていた。もともと彼は売り方にまわる気など露ほどもなかったのである。しかし、同業の苦しい立場を目のあたりにして、ふつふつと心のなかからわき上がるものがあり、彼はそれを抑えることが出来なかった。

「事情はよう分かりました。取引所はじまってからの長いおつきあいだす。皆さんのお役に立つんやったら、あした持ち株はみんな売りつなぎまひょ。結果はどう転ぶやら分かりまへんが、売って、売って、売りたたきまひょ」

若冠三十歳。栄之助はなかなかの好男子だったが、決意でその白い頬は紅潮していた。必死の懇請に心を揺さぶられて決断を下した栄之助に、生死のわかれ目に立っていた売り方代表たちはふかぶかと頭を下げた。全員が目に涙を浮かべていた。

翌日の立ち会いは午後二時に開始された。売り方の追証未納で騒然たるなかでの立ち会いである。栄之助は自ら市場に立って「成り行き売り」に打って出た。

一方、東京市場では東京取引所新株（新東）寄り付きがなんと「千円カイ、千三十円カイ」の声から始まっていた。

*

東京市場の新東寄り付きが千円の声から始まった明治四十年一月二十一日、のちに義俠の大立者と呼ばれる岩本栄之助は大株の成り行き売りを敢行した。成り行き売りというのは、値段を指定しないで、その時の相場で売るのだから、これまでの大株の棒立ち相場や、東京市場の東株の狂騰気配などを勘案すると、これは相当な覚悟がいる決断といえた。

ところが、栄之助がいわゆる義俠成り行き売りに打って出たころ、東京市場では東株の大株主渡辺治右衛門の大売物が発せられていた。

しかも、仕手の大物で、北浜の太閤《たいこう》といわれた松井伊助は、これまでの買い方から一転して売り方にまわる「ドテン売り」に出た。相場は急変すると読んでの猛烈なドテン売りである。島徳蔵、薮田忠次郎、高倉藤平といった一騎当千の相場師もこれに追随して売りにまわった。

大株相場は千円になる、といわれていたその日に、人びとの意表をついて大売物を発した栄之助であったが、これで市場の空気は一変して軟弱歩調になってしまった。つづいて東京市場の気崩れ、松井太閤のドテン売り、さらに大物相場師連中の追撃売りとかさなって、相場はにわかに様変わりした。

売りは売りを呼び、投げが投げを呼んで買い方は総くずれとなり、相場は「土瓦《どが》崩壊」していった。

この年十一月、大阪株式取引所株はタダの九十二円まで惨落した。一月十九日の大天井では七百七十四円をつけた株価がである。鐘紡株も三百三十二円から八十五円に下落した。

生きるか死ぬかの瀬戸際にあった大阪市場仲買人の大半が栄之助に救われた。野村商店の信之助（のちの徳七）も九死に一生を得た。死の淵より引き上げられただけでなく、莫大な利益を得ることになった。野村商店の基礎はこれによって確固たるものになる。信之助はこの年九月、徳七を襲名し家督を継ぐ。そして、翌年になるとアメリカからヨーロッパ各国に遊び見聞をひろめる。また弟の元五郎をイギリスに留学させる。古い株屋からの脱皮を二代目徳七は模索していたのである。

栄之助は地場の売り方と信之助を救ったが、同時に思いがけない巨利を得ることになった。その利食いの額は二百万円を超えた。しかも彼の義侠的行為は東西の市場でたたえられ、一般市民の間にも伝えられた。まさに株界の花形であった。

「公共のために相当な事業をしておきたいんや。大阪全市の一等道路に桜の木を植えるというのはどうやろ」

友人の染織家竜村平蔵や、同業の井上徳三郎などにそれとなく相談したのは、翌四十一年から四十二年にかけてである。

＊

「まず淀屋橋あたりから築港方面にまで桜の並木を植えようと思うんやが」

「大阪の目抜き通りに桜の植樹をするんや。春に大阪に来る外国人は美しさでアッと驚くで」

少年時代からの友人竜村や、同業の井上に語った栄之助の夢は残念ながら実現しないまま終わった。

大株一件のあった翌明治四十一年の九月、アメリカ太平洋沿岸の商業会議所メンバー四十余人が来日し、わが国の政治、経済、社会の実情を視察した。これは、東京、京都、大阪、横浜、神戸の五商業会議所の招請によるもので、岩本栄之助が残していった「寄附事件記録」によると「日米両邦ノ親交ヲ厚フシ両邦間ノ通商貿易ヲシテ益々盛大ナラシムルハ両邦国民ノ利益ナルノミナラズ又現下日米戦争等ノ誤解ヲ消滅セシムル最良手段トシテ」実行した、とある。

日米戦争、などという物騒な言葉が出てくるが、たしかに当時の両国相互の国民感情は良くなかった。日露戦争の講和条約は明治三十八年九月にアメリカのポーツマスで調印されたが、日本国民が予期していた償金は取ることが出来なかった。東京の日比谷では講和反対国民大会が開催され、政府系新聞社や交番などが焼き打ちにあった。神戸や横浜でも焼き打ちがあり、大阪では朝日新聞が講和条約反対の論説を展開して、新聞の発行を停止させられている。そして、講和の調定役となったルーズベルト大統領に対しても、日本国民は悪感情を抱く始末であった。

三十九年にはサンフランシスコ市で日本学童隔離命令が出された。また、米国務長官が駐米日本大使に、日米相互移民禁止協約の締結を提議するなどしている。四十年にはアメリカから日本政府に対して厳重な労働者の渡航制限励行が要請されている。このような状況のもとで太平洋沿岸の商業会議所議員を日本に招請したのであるが、その間の事情を渋沢栄一は次のように述べている。

「在米同胞は戦勝を笠に着て、威張り初めたという事が、亜米利加の人に悪感を抱かしめたのである。其の為め日本人の学童問題が起り、続いて日本人に職業的差別待遇を行って日本人に洗濯屋は許さぬなど段々八釜敷《やかましく》なった。小村（寿太郎）外務大臣等は大いに之を憂へて、国民外交を促す必要から、商業会議所に話を持込まれた。当時東京商業会議所では、中野武営氏が会頭であったが、私が前の会頭であったので、世話人となり、亜米利加西海岸サンチャゴからスポーケンに至る間の商業会議所議員を日本に招待して彼我の意思疎通を行った」（『渋沢栄一伝記資料』）

＊

アメリカ西海岸の商業会議所議員を日本に招待し、わが国の実情を親しく見てもらったことで、両国の実業家、有識者の間から不信の垣根が取り払われ、相互理解の芽を育てる手がかりがつかめることとなった。小村寿太郎の深慮が好結果をもたらしたのである。

栄之助は次のように書き残している。

「…ソノ実業家ノ渡来ヲ促シ親シク我ガ国情及ビ商工業ノ実況ノ観察ヲ求メタルニ彼国ヨリ四十余名ノ紳士ハ来訪シ各市ニ於テ盛大ニシテ且ツ熱誠ナル歓迎ヲ受ケ大ニ満足ヲ表シテ帰国セリ」

アメリカの渡日実業団は、日本側の熱誠なる歓迎を受けて、おおいに満足の意を表しただけではなく、翌明治四十二年五月には、答礼と感謝の意味をこめて、日本の主要な商業会議所の議員をアメリカに招待した。

こうして、第一銀行頭取、男爵渋沢栄一を団長とする渡米実業団が編成されるが、栄之助も大阪商業会議所議員の一人として加わることになる。大阪財界からは他に、大阪商業会議所会頭で大阪電燈社長の土居通夫、大阪商船社長の中橋徳五郎が参加した。

実業団は、東京、大阪、神戸、京都、横浜などの代表的実業家によって組織され、女性五人を含む総数五十一人より成っていた。主なメンバーを次に記しておく。

東京商業会議所会頭・東京株式取引所理事長の中野武営、鐘淵紡績社長の日比谷半左衛門、東京電燈社長の佐竹作太郎、三井物産取締役の岩原謙三、東武鉄道社長の根津嘉一郎、神戸商業会議所会頭・川崎造船所社長の松方幸次郎、多木肥料社長の多木条次郎、京都商業会議所会頭・商工貯蓄銀行頭取の西村治兵衛、横浜商業会議所会頭・日本製茶社長の大谷嘉兵衛。

日本を代表する一流の実業家がこのように網羅されていた。正賓は三十一人で、他は政府委員、随員、夫人方などである。栄之助は弱冠三十二歳で正賓に加えられている。異数といえる。大阪財界は彼に期待する所がおおいにあったのであろう。

団員を乗せた船はこの年八月十六日に横浜を出航して、九月一日にシアトルに入港する。栄之助の記録には「九月一日米国シャトル市ニ上陸以来五十三市ヲ歴訪シ一万一千哩ノ大旅行ヲナシ米国各州ノ商業ハ勿論農工礦ノ実況ヲ視察シ且ツ両邦民ノ親交ヲ大ニ融和シ同年十二月十七日横浜ニ無事帰着シ其ノ使命ヲ完フシテ直チニ解団セリ」とある。

しかし、栄之助はこの一万一千マイルの大旅行を実業団と全行程を共にしたのではなかった。

＊

シアトルに上陸した日本の渡米実業団はアメリカ西海岸の諸都市を歴訪した後、大陸を横断してニューヨークに着いた。明治四十二年（一九〇九）十月二十一日である。

栄之助は、乾いたスポンジが水を吸い取るようにアメリカの進んだ都市生活の実態を身体全体で吸収していた。見るもの聞くもの総てが驚きであった。とくに市街の夜の明るさには眼をみはった。ニューヨークのメインストリートなどは不夜城かと思えた。

大阪でも三十八年から全市にガスが供給され、大江橋や新梅田橋、中之島公園や天王寺公園など各所にガスの白熱街灯がともり、ずいぶん町も明るくなった、と思っていたのだが、ニューヨークなどに較べると雲泥の差といえた。また、日本の電灯は白熱ガス灯よりも暗く、電気代も高かったので普及の度合も鈍かった。しかし、アメリカでは一九〇八年にクーリッジがタングステン線を製作し、これをフィラメントに用いた白熱電球が出まわりはじめていたのだ。

タングステン電球は、その光度において白熱ガス灯をしのぎ、耐久性の面では従来の炭素線電球の数倍を保持し、しかも電力消費量は三分の一で足りるのだった。

栄之助はアメリカにおける電気ガス事業の大きな展開について考えさせられていた。人間はその暮らしにおいて、より利便性を追い求めていくものだが、そのような市民を内蔵する都市の発展にとって、電気とガスはなくてはならぬもの、動脈そのものではないのか。都市と都市の間を結ぶ鉄道もまたそうではあるが……。

大阪財界を代表する一人として渡米した栄之助であった。大阪市の未来を考える時、電気とガス、そして交通機関の順調な展開がどうしても必要なのではないか。帰阪後の自らの行動指針を脈絡もなく思い描いていた彼の前に、一枚の黒い電文が届けられてきた。

「チチエイゾ　ウシス」

口数の少ない、もの静かな父であった。しかし、その栄蔵が奥の間で座っているだけで、店の空気がピーンと張りつめていたものである。厳父の死は、渡米実業団がニューヨークに着いた前日の二十日であった。剛毅な精神の持ち主といわれた栄之助であったが、さすがに溢れる涙を押さえることが出来なかった。

一行と別れて、ひとりヨーロッパ経由でシベリア鉄道の客となった。終点のウラジオストクで降りて船に乗り、敦賀に上陸した。なつかしい故国である。

＊

「学問せなあかんで」

栄之助は岩本仲買店の若い店員たちに、暇があれば本を読むように言って聞かせた。

「勉強する時間は空から降ってくるもんやない。自分で工夫して見つけるもんや」

取引所で働く少年たちにも、機会を見つけて、学校へ行くように勧めた。それだけではなく、私費を投じて塾をつくった。北浜実践学会という夜学である。月、水、金と火、木、土の二クラスが編成され、午後七時から九時までの二時間、主として経済学の初歩を中心としたカリキュラムのもとに講座が持たれた。

のちに山卯証券社長になる山本栄次郎も、この学会の講師になり、運営にたずさわった一人だが、当時の模様を次のように述べている。

「岩本さんに接近させていただきましたのは、ちょうど私が早稲田の学校を出まして、こちら（大阪）にまいりましたころで、その時分の先覚者としては、岩本さん以外には教育を受けたかたがおられなかった。非常に子弟教育に重きを置かれ、北浜の取引員の子弟というものは、ほとんどその時分は小学校卒業か、中学の中退者で、非常に教育がないということを嘆かれまして、北浜実践学会というものをおこされ…北浜のえらい人も皆忙しいが自分の職をおいても晩に出てきて丁稚の勉強を見てやる……こういうわけで、岩本さんは名誉校長で、私どもは援助して仕事をした」

栄之助はアメリカから帰ってからも、実践学会に顔を出し、時間を割いて経済学やアメリカ事情などを講じた。

繁栄をきわめているアメリカ。物が満ち溢れ、交通が発達し、夜は昼をもしのぐ明るい世界が現出し、富豪はすすんで公共のために財産を提供する。日本を一歩でもかの国に近づけるためには、まず自分の周辺の近代化から進めねばならない。若い店員たちの意識を変えていくのに、実践学会は効果的に機能していた。しかし、大株の取引員相互の間では、意思の疎通さえままならぬ状態であった。

栄之助は毎月一回午餐《ごさん》会を開くことを提案し、皆に受け入れられた。ここでは、ただの株式売買についての懇談だけではなしに、それぞれが胸襟を開いて、業界とその周辺の問題や、ネックの除去についての話し合いが行われた。

大株主と会社経営者の意思疎通をはかるための機関として、法で定められた株主総会以外に、大株主会の開催を提案し、実施に漕ぎ着けていったのも栄之助であった。

＊

「金持ちに親友なしとはいふが、仮に野村（徳七）氏に親友らしいものがあったとすれば、その一人は岩本（栄之助）氏であったに相違ない」と「野村得庵本伝」の筆者は記している。また野村自身も栄之助を回想して、「北浜街只一人の親友」と述べている。

栄之助は不思議に人に好かれる何かを持っていた。大阪市立商業学校の同窓で、近松門左衛門の研究家として知られた木谷蓬吟なども、栄之助の潔癖で純真な進退に対して共鳴し、その心のうごきに敬愛の念を寄せ、生涯彼のために弁じてやまなかった一人である。

そして、大相場師と呼ばれていた栄之助に対して、「本来君の高潔な人格として、決して（懸引万能の）株式国の住民に適していない」などと述べたりしている。

終生の友人であった竜村平蔵は、明治四十三年の春、栄之助の見合いの付き添いになって、京都の動物園に出かけた。栄之助は三十三歳になっていた。母のていと、妹の八重が付き添うというのを断って、竜村だけに頼んだのである。何となく照れ臭かったからであろう。「ところが奥さんの方の御連中がおいでになる。すると岩本君が〝君かくれてくれ、かくれてくれ〟という。〝なんや〟というと〝間違われるといかん〟……なるほど考えてみると二人とも同じような年の若い者ですから、それで私は木にかくれた。そうすると〝かくれただけではあかん、かくれて見ていてくれ〟とこういうのです。それで垣の間から覗いていた」

竜村の回想は、大相場師岩本栄之助のナイーブな心の動きを、ありありと浮かび上がらせてくれて頬笑ましい。駆け引き万能の株式国で、天下の岩本と呼ばれたりしているが、彼はいつまでも人間としての初々しさを失わなかった。見合いの相手の遠藤てると顔をはじめて見交わした時、ぽっと頬を赤らめた、というが、これなども栄之助の魅力の一部であったのだろう。

遠藤てるは、京都五条新町で呉服を手広くあきなう松葉屋遠藤九右衛門の娘で、しとやかな色白の京美人だった。しかし、その立ち居ふるまいは落ち着いていて、うちらにしっかりしたものを持っているのが栄之助にはよく分かった。

明治四十三年十一月、楓が美しく紅葉していた。栄之助はてると結婚した。店の業績は順調に推移していた。彼は鉄道株、ガス株、電灯株などの値動きに注目していた。

＊

北浜の三麒麟《きりん》という言葉がある。野村財閥の創始者である野村徳七と、大阪財界の惑星などともいわれ、のちに大阪株式取引所理事長になった島徳三、そして、株界の寵児岩本栄之助の三人をたたえ、評したものである。

大株の義侠売りで思わぬ大儲けをし、日本を代表する渡米実業団の一人に選ばれ、北浜実践学会を起こし、業界午餐《ごさん》会を主催し、株式会社それぞれに大株主会をはじめて設けるよう促した栄之助は、まったく北浜の麒麟といわれるにふさわしい存在であった。日本でUSスチール株の売買を手がけたのも栄之助であった、と山内栄次郎は回想している。

栄之助がアメリカから帰国した年の翌明治四十三年九月、奈良軌道が設立された。のちに大阪電気軌道と改称される近畿日本鉄道の前身の一つである。

一方、明治三十九年十一月に創立していた京阪電気鉄道は、この四十三年四月、天満橋から京都・五条の間に鉄路を敷設、十五日に開業した。都市間交通の重要性をつとに認識していた栄之助は、この株の大量取得にうごく。大阪、ひいては近畿の発展は鉄道の順調な延伸にかかっている、と思ったからにほかならない。そして彼はひそかに夢見ていた。近い将来、株式仲買人であることをやめ、実業の世界に入って、日本の近代化に一臂《いっぴ》の力でもかすことが出来ればなあ、と。

彼の視野の中にある日本の公共事業の足どりは、あまりにも遅く、幼いものであった。栄之助は大阪瓦斯の株を大量に買い、のちにまた、大阪電灯の株をも取得した。そして、大正元年十月、京阪電気鉄道の臨時株主総会で取締役に選任された。さらに翌大正二年十二月には、大阪電灯の取締役に就任している。

しかし、何故か大阪瓦斯の役員にはならなかった。大阪財界の長老であり大阪瓦斯の社長であった片岡直輝と、何度も話し合いの場が持たれたが、いつも意見は食い違った。

「西洋をまわったり、アメリカへ行って、日本へ帰ってみると違うところは、西洋では電灯というものがあってほとんど夜というものがない。日本へ帰ってみると真暗だ…その時分には電灯会社がまだ初期でした…とにかく夜というものを昼にしてみよう。それで帰るなり岩本君がガス会社の株券をたくさん買ったのですね」

これは友人の竜村平蔵の証言だが、理想家肌の栄之助は片岡に何を進言したのだろうか。当時、大阪瓦斯は市との契約にもとづいて、中之島公園のその他に百五十五基のガス灯を設置し、また広告用街灯として戎橋北詰その他にガス灯を建て、点火していたが、それらの数を大幅にふやすよう要請したりしたのかも知れない。

＊

殷賑《いんしん》をきわめていたニューヨークの町並みが、いつも栄之助のまぶたの裏にあった。あの不夜城のようなメインストリート。ひところ、桜並木を大阪の目抜き通りに植えて、町の美化に役立てようと考え、父の栄蔵にも相談したことがあったが、あとの維持に他人が迷惑するのではないか、というような意見もあって沙汰止みになってしまった。しかし、大阪の町をより明るくして、市民の利便に資する何か合理的な方法があるはずなのだ。

大株主会でも意見の交換をしたが、栄之助と片岡のガス事業経営に対する方法論は平行線をたどるばかりであった。

「その後、社長と意見が合わないとかで、ガスの株は売ってしまった」と、竜村が語っているが、栄之助は手持ちのガス株のほとんどを処分し、大阪電灯の株を大量に買い増した。社長の土居通夫とは同じ渡米実業団の一員として、旅行の間、腹蔵なく話しあった仲である。土居は大阪の夜を昼にすることによって、町をも企業をも活性化し得るのだ、という栄之助の熱っぽい論に耳を傾けた。料金が高かったので、官庁や会社、そして富裕な家庭ぐらいしか電灯は使用されていなかった時代である。しかも値段が安く、より明るいガス灯が普及しはじめていたので、大阪電灯の業績は長い間低迷していた。

栄之助が土居によって大阪電灯の取締役に迎えられた翌大正三年、会社は新式のタングステン電球を無料で顧客に貸し付ける施策を積極的に実行した。タングステンをフィラメントとして用いた白熱電球は、白熱ガス灯の光度を上回り、耐久性では従来の電球の数倍を保った。しかも、電力の消費量では三分の一ですんだ。大阪電灯はこの時、一挙に三千余灯の顧客を獲得したのだ。もちろん、土居社長の決断によるものだが、また栄之助などの進言も与《あずか》って力があった。ともいえるだろう。

このようにして、大阪の夜を明るくしたいとのぞんだ栄之助の願いの一端は叶えられることになったが、一方のガス灯はようやく減退の兆しを見せはじめ、ガス灯は炊事などの燃料用の需要開拓に方向を転回していった。

栄之助はこの年七月、これまで、その任にあった大阪株式取引所仲買人組合委員長の職（明治四十五年三月に選出）を辞任した。いよいよ実業の世界で、その才能を展開しようと考えたからである。翌大正四年六月、彼は大阪電灯の常務取締役に就任した。竜村はそんな栄之助の軌道修正を何となく危ぶんで見ていた。

＊

幼なじみの竜村は栄之助と、月に一回必ず何処かで会って語り明かすのを常としていた。のちに彼は次のように回想している。

「そうすると、あるときにですね、今度は電気のないところへ行こうじゃないか（という）。それで、北浜にある料理屋の淡輪《たんのわ》の別荘へ行った。ここは電灯がない。いっしょに風呂に入った…上がってめしを差し向かいでやり出した。そうすると向こうの方に、ちらちらと漁火がちらつきまして、まことに美しいのです……岩本君がしみじみと私に言うには、こうやって二人でい（て）……発句を作るとかしていると人生の極楽だ……われわれはあくせくし（過ぎ）ている（という）……まことに素直な人で、真直な、純粋な、非常に情熱的な人がそれを言いだす…私のような…つむじ曲り（は）そういうような人生観（は）センチメンタルに思う……」

竜村は純粋で情熱的な栄之助の思想と行動に共鳴しながらも、遠くにまたたく漁火を愛する、その心の美しさに危ういものを感じていた。

「大阪には…どうも公会堂みたいなものが一ついるんや」

その建設資金を岩本家だけで負担しようと思うのだが、「どんなもんやろ」と、相談を持ちかけられて、賛成はしてみたが、「これは僕らの考える範囲と違うから、よう分からんわ……」と、若干の留保の言葉を無意識にもらしたのも、ナイーブで真っ直ぐな栄之助の心のうごきにほんの少しだが不安を感じたのではあるまいか。

しかし、栄之助が公共のために何かをしたいと考えていたのは、かなり以前からである。先代の栄蔵が元気であった頃、桜並木の植樹について、竜村も相談にのったことがあるのだ。

その後、アメリカの諸都市を見てまわった栄之助は、そこで電気、ガス事業や交通機関の発展に目をみはらされたが、また財界人たちが公共のために提供する金品の大きさにも驚かされていたのだ。

明治四十二年十二月十七日、渡米実業団の一行は横浜に無事帰着した。栄之助は父の訃報をニューヨークで受け、先に帰国していたが、この時に上京し、解団式に出席する。そして、帝国ホテルに水野幸吉を訪ねる。水野はニューヨーク総領事で、渡米実業団の世話係として共にアメリカをまわり、一時日本に帰国していたのである。栄之助は水野に旅行中の礼を述べるために立ち寄ったのだが、ここでも話題になったのは、公衆の便益のためにアメリカの富豪たちはどのように多大の財産を投じ贈るか、ということであった。

*

アメリカより帰国した直後の、栄之助の心境が書かれている彼自身の文章がのこっている。

「……而シテ米国ニ於テ富豪ガ公共事業ニ財産ヲ投ジテ公衆ノ便益ヲ謀リヌハ慈善事業ニ能ク遺産ヲ分譲セル実況ヲ目撃シテ大ニ感動シ這般（しゃはん＝このたび）寄附ノ決心ヲシテ一層強固ナラシメタリ」

これまでも、大阪市に桜並木を贈ろう、と考えたりしていた栄之助であった。しかし、アメリカの富豪たちの寄付行為を実見してからというものは、社会のために意義のある事業とは何なのか、また、その事業に自分の資産を提供するためにはどうすればよいのか、彼は四六時中、模索しつづけていたのである。

ニューヨーク総領事水野幸吉を、帝国ホテルに訪問した栄之助は、亡父の遺産として五十万円くらいを公共事業に贈りたく思っているなどと、その意向をもらしており、水野は、「我国実業界ノ泰斗ニシテ且ツ公共慈善事業等ニ経験多キ渋沢男爵ノ一臂ノ援助ヲ藉《か》ルヲ以テ穏当ナリ」と、栄之助へ渋沢に知恵を借りるようすすめている。

渋沢栄一は当時数え年七十歳。この明治四十二年の六月、東京瓦斯など六十の企業その他諸団体の役職から引退した。もっぱら公共事業や社会事業に力を尽くそうと考えたからである。彼は単なる実業家ではなかった。この年八月に栄之助たちを引きつれて渡米したのも、日米間にわだかまる感情のシコリを解きほぐすための行動であった。

晩年、渋沢は自分の過去を降りかえって、「不肖ながら私は論語を以て事業を経営してみよう。従来論語を講ずる学者が仁義道徳と生産殖利とを別物にしたのは誤謬《ごびゅう》である。必ず一緒になし得られるものである。斯《こ》う心に肯定して数十年経営しましたが、大なる過失はなかったと思うのであります」と述べている。〝義と利と……能《よ》く両《ふた》つながら全うせん〟という願いが秘められていた。

「日本財界の大御所」と呼ばれた渋沢である。生涯にその関係した実業、経済分野の役職は、なんと五百余にのぼった。しかし、教育、社会、文化事業関係の役職はそれを上回り、約六百になったという。

渡米中、渋沢の傍らにあり、親しく接して、日夜その言動に共鳴しつづけてきた栄之助である。帝国ホテルの庭の噴水の、きらめく飛沫を眺めながら、近いうちに渋沢の屋敷の門を叩かねばなるまい、と思いはもうそちらの方に向いていた。

＊

外務大臣・小村寿太郎に招かれて、栄之助はまた上京した。国民外交を展開して、日米親善につとめた渡米実業団員に対する、慰労の晩餐会が催されたのである。霞ヶ関の官邸における宴には、若い芸妓などの踊りや歌の披露もあり、終始はなやいだ雰囲気がただよっていた。

翌日は明治四十三年二月三日。この朝、栄之助は渋沢の屋敷に出かけていった。前夜のパーティーの席で訪問を予告しておいたのである。渋沢は温顔である。応接室の椅子に姿勢を正して語る若い株式仲買人の計画を「ふむふむ」と、頷きながら聞いていた。

「日本近代資本主義の大指導者」とも呼ばれた渋沢だったが、ただの経営者や資本家ではなかった。ことあるごとに道徳経済合一説をとなえ、これを自ら実践した。論語算盤説を首唱したこともあったが、彼のバックボーンを終生ささえたのは『論語』であった。この日本近代史上の巨人が、栄之助の社会、公共のために尽くしたいという熱誠を、好意の眼差しをそそぎながら聞いていた。共鳴するところがあったのであろう。

まず第一に、家母の承諾を得ること、次に資産の整理をなすこと。この二つを取り敢えず実行に移すことを渋沢はすすめた。この日の会談の様子を記した栄之助の文章の最後は、「…後日愈々《いよいよ》着手ノ場合ニハ庇護助力ヲ仰ギ度旨ヲ懇願セシニ男爵（渋沢）ハ快諾セラレタリ」で終わっているが、行間には喜びの感情がにじみ出ている。

この年四月、地場弱気筋に頼られて、のちの堂島米穀取引所理事長になる高倉藤平と、堂島米株をめぐって、「成り行き売買」の大決戦を演じる。また、京都の遠藤てると婚約、十一月に結婚する。栄之助は多忙であった。しかし、渋沢や友人の竜村に相談した寄付の件を忘れてしまったわけではなかった。取引先、北浜銀行の頭取岩下清周とは、従来から経済や時事問題について、腹蔵なく話し合える仲だったが、この私財提供の具体化について、二、三の素案を提示し、実行の段階に入った時には何かと援助してくれるよう、依頼しに行ったりしている。

栄之助が岩下を北浜銀行に訪ねて提示した案の第一は、東洋的商業学校の設立である。彼の脳裏には北浜実践学会で体験した思いがあった。知識を獲得するために働く若者たちはどんなにひたむきであったことか。また彼の思考は展開していた。中国をはじめとする東洋に、大阪はどのように開かれていなければならないのか。

*

東洋的商業学校、あるいは東洋的専門の商業学校を設立するという案の次に、栄之助が岩下に提示したのは、財団法人を創立して学生に奨学資金を提供し、また発明家を援助する、という案である。また第三案では、公園の設置を提示していた。そして第四案が、商品陳列所を内部に設けた公会堂の建設である。

公会堂の設置について栄之助は次のように書いている。「国運発展上ニ資シタシトノ希望ニ添ハンニハ即チ一大公会堂ヲ建設シテ之ヲ市ニ寄附スルノ勝レルニ如《し》カザランカ」

アメリカという巨大な国家の歩みを垣間見てきた栄之助である。帰国後は、つねに日本はいかなる方向に進むべきなのか、また自分はその中で何が出来るのか、を考えつづけてきたのだった。渋沢邸において意見を交換しあったときにも、「慈善的ヨリモ寧ロ国運発展上ニ貢献スベキ事業」に私財を提供したいと申し述べている。

国運の発展に貢献したい、という栄之助の決意に、大林組や阪急やトヨタを今日あらしめた、といわれる太っ腹の岩下も、双手を上げて賛同し「助力ヲ快諾」する。

母のてい女も賛成してくれたが、彼女は二つの条件を出している。それは、条件というより母から息子への訓戒であった。

「…世の中の為になるようなこと、すんのは賛成でおます。そやけど、それを鼻に掛けて自慢したりせんといておくんなはれや。ようそんなお人、おいやすから」

「それから、もう一つ。これで、よそさんに迷惑およぶようなこと、おまへんやろな。その辺、あんじょうせな、あきまへんで」

「この二つさえ、ちゃんとおしやったら、あんさんのしたいように、やんなはれ」

東京株式取引所の新築落成式が、翌明治四十四年一月二十四日に挙行された。栄之助は招かれて式に出席し、翌日、渋沢をその事務所に訪問した。資産の整理が完了したこと、母の諒承を得たこと、素案が煮詰まりつつあること、などを報告するためである。翌月の二十三日、栄之助はまた渋沢に会っている。今度は北浜銀行の岩下ともどもの訪問である。

「前約ヲ踏ンデ午後三時同邸（渋沢邸）ニ至ル、恰カモ好シ岩下君馬車ヲ駈ツテ来リ会スルアリ、待ツ少時、第一応接所ニ於テ引見セラル、一応ノ挨拶ヲ陳べ而シテ徐ロニ提案ニ就イテ詳細ニ意中ヲ吐露シテ男爵ナラビニ岩下氏ノ援助ヲ仰ゲリ」と、栄之助の文章にある。

＊

岩本家は栄之助が中心になって、故栄蔵の追善茶会を船場平野町の堺卯楼で催した。明治四十四年三月七日と八日、二日にわたるもので大阪の財界人のほか関係のある多数の人びとが列席した。渋沢栄一もこれに列席し、栄之助の母てい、夫人のてる、弟の栄三郎その他親戚の人びととあいさつを交わしたが、とくにていとの対面は印象が深かったようである。それは、栄之助が寄付について承諾を求めたときの教訓を聞き知っており、当時から感服していたからでもあったろう。渋沢は「先考ノ遺訓トハ云へ、全く母堂ノ深キ教誡に基キ、斯カル美挙ヲ遂行セラレシト聞キ、其ノ立派ナル御志ニホダサレテ万事擲《なげう》チテ喜ンデ来阪セルナリ、今日ハ御先代ノ霊ヲ拝シテ尚又母堂ト親シク会見スルノ機会ヲ有シ満足コレニ過ギズ」などと言っている。

国運発展途上に資したい、というのは亡父栄蔵の遺訓なのだと、栄之助はつねづね話していたのである。渋沢は堺卯楼第二席に設けられた霊場で故人に参拝したのち、北浜銀行で催される岩下頭取主催の午餐会に移った。

大阪府知事高崎親章、大阪市長植村俊平、大阪商業会議所会頭土居通夫、大阪朝日新聞社長村山竜平、大阪毎日新聞社長本山彦一、大阪瓦斯社長片岡直輝、その他大阪財界の主だった人びとが参会したこの午餐会で、渋沢は栄之助の計画を予告し、午後の懇談会の席で詳細を発表した。

渋沢は、栄之助が公共事業に私財百万円を提供することになった旨を告げ、これまでの経過を説明し、現在までに絞り込んできた事業計画の四点を提示した。公会堂の建設、東洋的商業学校の設立、帝国大学に基金を設け奨学資金を給する件、公園の設置などだが、岩本ていの「よそさんに迷惑かけんように…」との希望を考慮して、「将来維持ニ多額ノ金員及ビ労力ヲ要セザル事」に留意すること、という条件が付け加えられていた。また、この事業は五年以内に完成させる、という栄之助の意志も明示された。

立案委員には、高崎知事、植村市長、そして岩本商店の相談役栗山寛一の三人が選ばれ、計画を推進していくことになった。

「百万円寄附の岩本家　近頃快心の美挙」

これは、翌日の新聞の見出しである。各紙が三段抜きで大々的に報じたので、「一仲買人の百万円という大金の提供寄附」は、大阪市民の間だけでなく、全国規模のセンセーションを巻き起こした。

＊

栄之助の寄付発表は、世間に特大のセンセーションを巻き起こした。発表の翌日、明治四十四年三月九日付の朝日新聞は「…一仲買人として百万円の大金を提供寄附したる如き前例は未だ曽って見ざる近頃快心の一大美挙といふべし」などと書いている。

そして、大金提供の前例として「九州の炭礦王安川敬一郎が九州大学の基金中へ三百万円、大倉喜八郎が東京大阪の商業学校に五十万円宛、三井が慈善施薬院に百万円寄附した位…」と報じている。

寄付金の使途について、渋沢から手紙で、「実業教育または女子教育もしくは養老院のようなものにどうか」と、いってよこしてきており、村山竜平朝日新聞社長からは「寄附金は大阪市役所の建築費にあて、岩本家一個人にて完全なる市役所を建設してはどうか」との意見が寄せられたりしたが、大勢は公会堂建設の方向に傾いていった。

村山社長が、大阪市の庁舎を建設してはどうか、と意見を出したのも頷《うなず》けるふしがあった。その当時の市役所は堂島浜通にあり、小学校と見紛う老朽化した貧弱な建物であった。吏員も和服で登庁していたが、大阪の近代化をすすめるためには、まず市庁舎の新築からはじめるべきだ、との声は二、三に止まらなかった。

不要不急とか、時期尚早などとも一部でいわれた公会堂の建設だったが、これからの大都市には市民の集会場がどうしても必要になる、という栄之助のかなり巨視的な見解と、大公会堂を持つことによって、大阪は近代都市へ一歩前進するだろう、とする渋沢の岩本支持説や、高崎知事の寄付者の意志尊重論などがあり、この年の五月十日に開かれた浪花亭での委員会で、公会堂建設案が採択された。

実務をすすめるため財団が組織され、建築用地も中之島公園に決定した。財団法人公会堂建設事務所理事長には植村俊平が就任し、常務理事には栗山寛一が、監事には片岡直輝が就任した。他に就任した役員名を列挙すると、（理事）土居通夫、中橋徳五郎、岩下清周、（監事）本山彦一、永田仁助、（評議員）小山健三、村山竜平、加藤恒忠、浜崎永三郎、戸田猶七、岩本栄三郎、（顧問）渋沢栄一、高崎親章となる。渋沢以外は大阪の御歴歴である。

財団はさっそく動きはじめ、委員会を開いた。公会堂の設計については建築界の衆知を集めねばならぬ。そのためには、設計を懸賞募集しようではないか、というのである。

＊

公会堂の設計については懸賞募集することになったが、その方法は先例のない一風かわった指名競技によるものとした。

まず、建築学会に依頼して著名な一流建築家十三名を選抜し、設計競技者に指名した。審査についても、この十三名の互選によるものとしたのである。その結果、大正元年十一月、早稲田大学教授岡田信一郎の設計が一等当選と決定した。ちなみに、二等は工学博士辰野宇平治、三等は議院建築局技師矢橋賢吉である。

実行図面の製作は、この岡田の設計図を基にして、建築顧問の工学博士辰野金吾と監督の工学博士片岡安によって行われた。音響、採光、暖房などに修正改善がなされている。

大正二年三月には地鎮祭が行われ、同四年八月には鉄骨組み立てを終わり、十月八日には定礎式が挙行された。渋沢も来阪し「定礎」の二字を揮毫《きごう》している。三年七月に始まった第一次世界大戦の影響を受けて、鉄鋼材料の供給不足などに悩まされたりはしたが、工事はほぼ順調にすすめられていた。

栄之助は暇をみつけては中之島へ出向いて、工事の進捗《しんちょく》状況を見てまわった。組み立てられた鉄骨を眺めていると、完成後の公会堂の全容が、ぼんやりと浮かんできて鉄骨にダブったりした。また、定礎式で礎石が置かれ木遣節が唄いはじめられた時に、渋沢が強い調子ですすめた言葉を思い出したりした。

「貴君ほどの人物が、ああいう一つの事業会社（大阪電灯）の経営だけをやってい
て事足りたとしていてはいけない。いま一度北浜に出て活躍することだね。そして、
この公会堂の寄付のようなことを二つも三つもやって、日本の近代化に貢献してくれ
なければ…」

大阪電灯の取締役になって社長の土居にタングステン電球の普及について進言し、成功した栄之助である。常務に就任してからは、高燭光電灯の需要喚起や電柱広告電灯の取り付けなど、さらに営業拡張の路線をすすめさせて業績を伸ばした。社員からも慕われて何かと相談にのった。当時の庶務課長萩原古寿が『電気事業及びその経営』と題する冊子を出したいというので、指導してやり、序文も書いてやった。しかも数百部を発刊所の丸善から私費で購入し、知人に頒布したので、萩原はおおいに面目をほどこしたりした。

大阪電灯ただ一人の常務として、居心地は甚だよかったが、栄之助にとっては何か物足りぬものがあった。渋沢の一言は、栄之助の深い内部のどこかを疼かせた。

＊

「いま一度北浜に出るべきだ」という渋沢の一言が、栄之助の血を騒がせていた。彼の脳裏をかすめていくのは、自ら市場に立って大株の「成り行き売り」を敢行した場面であり、堂島米株をめぐって一大決戦を演じた相手、高倉藤平の横顔であった。

高倉はもともと堂島で米の取引をしていたが、のちには北浜に進出し、株の仲買店を経営した。また堂島取引所の重役にも選ばれている。太っ腹で怪腕の持ち主といわれた高倉は、また脂ぎった野心家でもあった。かなり以前から堂島米取引所理事長の椅子を狙っていたが、明治四十二年の末ごろからこの堂島米株の現物をひそかに買い集め、翌年には相当の株数を買い占めるまでになっていた。

高倉はこの株を四十三年の二月一日以降、さらに強引に買いあおった。地場を中心に無数のカラ売りが生じたが、二月一日百三十七円の株価は四月九日にいたって二百十九円九十銭の高値をつけることになる。わずか二ケ月で八十二円の暴騰である。地場弱気筋はふるえあがって、栄之助のもとに駆け込んだ。頼まれては嫌とはいえぬ彼の侠気に訴え、売り方になって出動してほしい、と嘆願したのだった。

栄之助はこの地場売り方連中の哀訴に心を動かされて、北浜に出動した。梟雄《きょうゆう》といわれた高倉と、豊富な財力を持つ栄之助の決戦である。取引所は不穏な情勢をみてとり、増し証拠金が納入されるまで一時売買を停止した。巨額の増し証が完納されて市場は十三日に再開された。

「成り行き売ろう！」

「成り行き買おう！」

両雄の堂島米株合戦の展開である。栄之助は高倉が買うだけ売ろう、というのだ。白熱した立ち会いに市場は混乱し、取引所はふたたび立ち会いを停止した。この合戦を心配した取引所理事長の浜崎永三郎は仲裁にはいったが、意地ずくになっている双方を納得させることができず、野村徳七に斡旋を依頼した。

栄之助は、野村にとって「北浜街ただ一人の親友」であり、高倉は、野村と欧米をともに旅行した仲である。情理をつくした野村の説得に二人はついに和解したのだった。この時、高倉は予想外の収益を得たが、また買い占めた株のおかげで、翌四十年一月には喉から手が出るほど欲しかった堂島取引所理事長の椅子を手中にした。

栄之助は、市場に立って「成り行き売ろう！」と叫んだ時の、あの全身がひりつくような感覚を思い出していた。

＊

大正天皇の即位礼は、中央公会堂の定礎式があった大正四年十月の翌月十日、京都御所の紫宸殿で挙行された。栄之助は社長の土居に進言して、中之島の剣先に御大典記念奉祝塔を建てさせた。

場所は大阪市より借り受けた新難波橋と旧難波橋との中間で、「高さ百尺、幅道路一面東西三十間、塔下は東西に通路を設けて、行人の自由に便し、塔の中腹四面に奉祝の文字を表はし、月桂樹に漢鏡を配す。其各一面に大小四千六百二十六灯の電気装置を施し、最上端に探照灯二基を設け、汎《ひろ》く大阪全市を照す」巨大な奉祝塔である。

大阪電灯の大デモンストレーションであった。会社はこれを宣伝の材料にして、官庁、企業、商店などに奉祝灯の臨時点灯をすすめて、三万五千余灯の需要を獲得した。これ以後、商店街の売り出しや神社の祭りなどには、臨時灯の申し込みが殺到するようになり、業績の向上に大きく寄与していった。

栄之助はこれを機会に大阪電灯を退きたい、と土居に申し出た。家業の株式仲買に専念するためにである。そして、この年十二月、彼は常務取締役を辞任した。しかし、土居の強い要請があったりして、平取締役としては留まることになった。

前の年、大正三年七月に第一次世界大戦が勃発して、東京、大阪で株価は暴落し、物価も長い間、低落ないし停滞気味であったが、御大典が挙行された頃から、物価は上昇傾向に転じはじめていた。株式市場も活況を呈しつつあった。そして、ほとんどの株が上昇し、「御大礼相場」と新聞は書き立てた。十二月四日には東京株式市場は大暴騰となった。北浜でも諸株が奔騰した。いわゆる「大戦景気」のはじまりである。

ヨーロッパの戦火は拡がる一方で、物資の需要はすこぶる旺盛であった。わが国の物価は暴騰に暴騰をかさねた。鉄成り金や石炭成り金、船成り金が続出し、人びとはこれらをひとくくりにして「戦争成り金」と呼んだりした。

とくに物資の輸送に必要な船舶は、ヨーロッパの交戦国で不足をきたし、日本の造船界に注文が殺到した。また、日本の保有する船舶も、買い取られたり、雇われたりして不足していたので、わが国の造船、海運はブームで湧きかえっていた。

野村徳七などは、百五十円で郵船株を大量に仕入れ、二百二十九円で売って、短期間で莫大な差益を手中にしている。

＊

岩本商店は南区安堂寺橋通二丁目から、東区（現中央区）今橋二丁目に移っていた。煎茶が好きな栄之助は、奥の居室で、小さな煎茶碗に玉露を入れ、ゆっくり味わっていた。ここしばらく、大阪電灯の社業に身を入れていて、家業の方はかなり疎かになっている。

大正三年七月にはじまったヨーロッパの動乱で、高騰すると読んで買い出動したが、八月三日の大暴落で、相当な痛手をこうむった。その後の業績も低迷気味である。大正四年十二月四日の大暴騰では、一時、八十七円まで下げていた大株が二百九十円をつけ、七十四円の新東（東京株式取引所新株）は二百八十五円と奔騰した。ざっと四倍になっている。

これらの諸株を、栄之助は低値で投げていた。まろやかな味のはずの玉露が、いまの栄之助にとっては苦かった。目をつむって彼は思いに沈んでいた。瞼の裏側で、大きく弧をえがいて上昇線を示す相場の罫線が、奉祝塔の電灯のように点《つ》いたり消えたりした。相場は約一年の上げである。この辺りで行きつかえ、半値押し、つまり上げ幅の半分は下げるのではないか。十二月末、栄之助は売りを出した。

大正五年一月、大株は三百四円をつけた。栄之助は売り上がった。二月になると、大株は二百六円の安値をつけた。栄之助の読みは見事に当たった。彼は諸株を利食って、かなりの儲けを手中にした。

二月、三月、四月と、相場は乱高下しながら上昇線をたどっていく。

「ドイツとイタリアが講和するらしいで」

政府筋からの情報だ、という噂が流れて、地場弱気筋は売りに出た。栄之助も売った。これは悪質なデマで、どうやら強気買い方の流した風説だったようだ。相場はすぐに反騰に転じた。栄之助の受けた打撃は大きかった。

五月末、ドイツとイギリスの主力艦隊が、デンマークのユトランド半島の沖、スカゲラック海峡で激突した。海上封鎖を打破しようとするドイツ側は、優秀な火力でイギリス艦隊を叩いたが、封鎖そのものは破れずに終わった。六月末になって連合軍は北フランスのソンムで大反撃に出た。イギリス軍は、はじめて戦車を投入して戦果をあげ、ドイツ軍の士気はくじけ、なえていった。

ドイツ国民の間に厭戦気分が出はじめ、講和促進の運動がドイツ全土に広がる、と外電は報じた。大株も新東も郵船も奔騰していた。しかし、講和が近いとなると株価は低迷するであろう。地場弱気筋は売りに出た。

*

岩本もうでとか、岩本まいり、という言葉がある。地場弱気筋が自分たちの力だけでは叶わぬとみると、栄之助の俠気にすがって出動を乞うのである。

講和促進の大運動が、ドイツ全土に拡大、という外電を伝えて株価は下落した。しかし、経済全般は物価高の好景気がつづいていた。絶好の押し目（上げ基調の相場で、買い気はあるが、一時的にちょっと下がること）とばかりに、買い物が殺到した。八月に安値が出て、押す（下げる）か、くずれる（くずれるように下げる）か、とみていた弱気筋の期待を裏切って、相場は逆に押し上げられてゆく。栄之助は地場弱気筋の嘆願にこたえて、今度も売り出動したが、相場は微動だにもせず、逆に奔騰また奔騰といった様相を呈していった。

八月に二百七十一円の安値をつけていた大株は、九月には一挙に三百六十四円と上げ、九十三円高となった。新東株は三百四十二円をつけ五十七円高、郵船は二百六十七円で三十三円高である。狂騰相場であった。十月に入ると株価はさらに暴騰した。ドイツが講和を申し出る、という風聞がしきりに流れたが、相場は一顧だにすることなく上へ上へと行った。さすがの栄之助も、疲労の色を濃く漂わしていた。追い証（追加保証金）の手当てにもこと欠く始末であった。

資金は涸渇していた。栄之助は大事にしていた大阪電灯の株も売り払ってしまった。支配人の栗山寛一は、中央公会堂建設のために寄付した百万円の一部を、大阪市から一時的に借用する案を持ち出した。

「もうちょっとで天井だす。五十万円もあれば、なんとか持ちこたえられま。必ず近いうちに下げが来まっせ……」

栄之助は目をつむっていた。小さな煎茶碗の玉露を一口すすって、ゆっくり首を横に振った。

大正五年十月二十一日、新理事長に島徳蔵を迎えた大阪株式取引所は、平野町の堺卯楼で、披露の懇親会を開いた。栄之助も羽織袴で出席し、気持ちよく酒を飲み、乞われると小唄などをうたったりした。島はその時のことを後日、次のように述べている。

「その時、私が此頃の景気は如何かと尋ねると、とりもち桶へ足を入れたようなものです…と…元気がありませんでした」

友人の竜村は、栄之助が相場師であることをやめ、実業界に入ることにした時、その軌道修正を危惧したが、実は、再度もどった相場の世界に陥穽は待ち受けていたのだった。栄之助は、とりもち桶から足を抜くことが出来ないでいた。

＊

大正五年十月二十二日は日曜日である。岩本商店の店員四十余名を引きつれて、栄之助は宇治へ松茸狩に行く予定であったが、気分がすぐれないので、支配人の栗山を呼んで、「みんなを楽しいに遊ばせてやってや」と頼んだ。

今橋の邸に残ったのは栄之助と妻のてる、そして、店では手代、下男、下女、小僧の四人が留守番をした。午前中、栄之助は自分の居間で本を読んで過ごした。ときおり庭に出て整理した書類を燃やしたりした。午後には北浜の神本理髪店に出かけて散髪をした。

理髪店から帰ってきた栄之助は、てるにいって奥の離れ茶室に床を延べさし、いつものように一時間あまり昼寝をした。起きると、少し書きものをした。それから俥(くるま＝人力車)を呼び、妹聟戸田栄蔵、弟の岩本栄三郎、親戚の岡次平などの家庭を訪問した。帰ってくると、また「散歩に出かけてくる」といって外に出た。三越呉服店で写真を撮影してもらい、途中、建設中の公会堂を眺めて、しばらく時間を費やした。

夕飯は、てると差し向かいで食べたが、

「なんでか、今晩はえろう旨いわ」

と、いつもは三杯ときまっている御飯を、五杯も平らげる。それから

「オイッチ、ニ。オイッチ、ニ…」

と、掛け声をかけ、歩調を取りながら、座敷と廊下を何度となく往復した。これも、栄之助の日頃の習慣なので、てるは何ら気にしない。

食後の運動がすんだのが、午後七時二十分ごろ。栄之助は、また奥の離れ茶室に入った。本の好きな主人のことだから、読書でもしているのだろう、とてるは思っていた。(静かだな、しぃーんとしている)と口に出そうになった時、突然、銃声が響きわたった。同月二十四日の毎日新聞は、その間の事情を次のように記している。

「…やがて茶室（の方）に当りズドンと一発銃声の響けるより、夫人驚いて駆け付けたるに、栄之助氏は左の手首に日頃愛玩せる支那渡りの菩提樹の珠数をかけ、右に軍隊用の拳銃を握り、首を血だらけにして苦悶して居れり…」

拳銃は二発、発射されていたともいう。茶室には、菊花の御紋章入りの煙草が吸いさしになっていて、淡い紫煙があがっていた。そして、遺書が発見され、枕頭には、次の辞世の一句がのこされていた。

その秋を　またで散りゆく　紅葉かな

＊

栄之助の自決について、大朝（大阪朝日新聞）も大毎（大阪毎日新聞）も号外を出して報道した。栄之助を大阪市民は誇りにしていたし、北浜人もまたそうだった。栄之助の傷は深く、病状は一進一退した。二十六日には、吊台で今橋の自宅を出て、回生病院西別館階上七十九号室に入った。二十七日付の大毎は「堂島川を隔てて建築中の公会堂の鉄骨が窓に入れるは一入《ひとしお》愁い深し」と伝えた。

栄之助の平癒を祈って、株式仲買人たちは連日連夜、天満天神にハダシ詣《まい》りをした。野村徳七も、島徳三も、好敵手だった高倉藤平も、この平癒祈願に参加した。稲葉医師や回生病院和田外科長の手厚い加療も、大阪市民の思いや、北浜人のハダシ詣りもその甲斐なく、大正五年十月二十七日午前十時三十分、栄之助は絶命、永眠した。

同業の井上徳三郎は「最後の五分間は愚か一秒時間までも一歩も退かず、武士でいへば弓折れ矢尽きての上のこと…兄弟思ひのことや、友人のため北浜村のために尽されたことは数へ切れぬほど…華やかで太くて短い一生涯！　それが岩本栄之助さんの四十年…」と大朝二十八日の紙面で述べているが、まことに栄之助の生涯は劇的な四十年であった。

また、野村徳七は「…名誉を重んじ、恥を知る軍人として、強い責任感に打たれ、最後の道を選ばれたものと思う」と述べ「私はこの時に北浜街ただ一人の親友を失ふて終ひました」と言っている。声涙ともに下る、というが、野村の言葉のかげからは、おさえられた号泣の声が洩れ聞こえてくる。

大正七年十一月十一日、ドイツは連合国と休戦協定に調印し、大戦は終わった。それから一週間後の十七日、中央公会堂の落成奉告祭が挙行された。栄之助の忘れ形見、岩本善子は四歳になっていた。可愛い振袖姿で、公会堂の鍵を池上大阪市長の手へ引き渡した。

紅く色づいた楓の葉が一枚、風のなかに漂っていたが、やがてそれは渋沢栄一の前に落ちてきた。渋沢は、ふと吐息をついた。財団法人・公会堂建設事務所は公会堂を市に引き渡して役割を終えたが、その間、栄之助を含めて六人の役員が鬼籍に入っていた。大阪電灯の土居も故人になっている。渋沢は隣り合わせて立っている大阪財界の長老、片岡直輝に声をかけた。

「惜しい男をなくしてしまいましたな。岩本くんはこれからの日本に是非必要じゃった。あの君は、高度なモラルで自分を律し得る数少ない経済人の一人でしたからな…義と利と、よく二つながら全うし得る人材はあまりいませんな…」

最後の言葉は呟くような声であった。片岡にはよく聞こえなかった。

中之島公会堂

大正７年（1918）11月、大阪・北浜の株仲買人だった岩本栄之助の寄付で出来上がった。鉄骨鉄筋コンクリート煉瓦ばり、地下１階、地上３階建て。敷地5,801 m²、建築面積2,179 m²、延べ床面積7,904 m²。設計は当時では珍しいコンペを採用、29歳の岡田信一郎の案が入選し、日銀大阪支店、東京駅などを設計した辰野金吾の指導で造られた。ネオ・ルネサンス様式の外観、天井画のある貴賓室、ステンドグラス、シャンデリア、しっくい細工、さらに階段や扉の修飾まで建築学の粋を集めた。大阪の都心中之島にあり、水と緑、赤レンガの織り成す景観はランドマークとなっている。都市遺産としての評価が高い。

創建から80年を経た平成11年（1999）から平成14年（2002）にかけて、外観・章匠・内部をできるかぎり保存する形で、保存・再生工事が行われた。平成14年（2002）、国の重要文化財に指定された。

岩本栄之助氏像

II

「階段」より

母の力

まっくらであった。真の闇なのだった。そのなかで、私はぼんやり目ざめていた。手洗いに立ちたい、と思うのだが、どうしても方向がつかめないでいる。やむを得ず、そろりそろり、と壁ぎわを伝っていく。襖をそっと開いて廊下に出る。たしかスイッチはこの辺りにあったはずである。意識が、暗い靄のなかで、わずかだが混濁している。そろりそろりそろり、と壁ぎわを探っていく。

「あっ！」

階段を踏み外してしまった。落ちてゆく私の直下に、どうしたことか母が蹲っていて、私を斜に見上げている。

「母さん！」

大声で私は警告を発した。それなのに、声が出ない。痰が喉にからまっていて、どうしても声にならない。

「どいて！　どいて！　どいて……」

自分の声にならぬ声に苛だって、薄明のなかで踠き、汗をびっしょりかいては醒める。枕も、ぐっしょり濡れている。母が死んで十七年も経つというのに、私は相変わらず、こんな夢を見る。

その年の秋の夜、彼女は何の前触れもなく、突然、心筋梗塞になり、虚空を力の限り握りしめて死んだ。私は母を抱いて、胸部を摩りながら医者を待ったが、間に合わず、それっきりになってしまった。

「史郎！　どうしょう……」

彼女の悲鳴に似た最後の言葉は、今も耳の底に残っている。

三十五日の仏事を済ませて後、妻は故人の遺品を整理していて、数冊の日記帳を柳行李の底から見付け出してきた。包まれていた藤いろの風呂敷に、もとどうり包みなおして、書棚の奥に、私はそれを蔵めておいた。

母の日記を繙く気になったのは、二年後、父がやはり心筋梗塞で急逝してからのことである。長い間、読まずにいたのに何の理由もない。強い意志が働いて、そうしたのでは決してない。しかし、何か、母の秘密の心の襞の深い部分を垣間見ることの、漠然とした畏れのようなものが、若しかしたら脳裡の何処かに在ったのかも知れない。

〝今日は珍らしく史郎はやく帰ってくる。一時間ばかりして、また出てゆく。どうしたのかしら。おかね欲しかったのではなかったのだろうか。少しでも持たしてやったら良かったのに……〟

昭和二十三年の某月某日。私はその頃、神戸新聞に勤めていた。毎夜、強くて悪い酒を喰らっては巷を彷徨していた。いたるところに借金をしていて、豊かとはいえないわが家に、食費もほとんど入れてはいなかった。その日も酒代をつくるために、私は二階の自分の部屋から本を持ち出したのだ。白水社から出ていたアナトール・フランスの選集を、細引で括って、窓の外へ吊るし、酒友のNに手渡して、何食わぬ顔で街へ出ていったのだ。

太い棍棒《こんぼう》で、一発、脳天を殴られたのであった。日記のなかには、放埒の限りを尽くしていた私を責める言葉は、ただの一行も見出せなかった。母の優しさが、私を打ちのめした。母の悲しみが、私の深い所に沁みとおっていた。

おかあさんの手は
ちょっとさわったら　すぐきつくにぎる
たまには　よわくなってほしい

神戸新聞文化センターで児童詩教室を十数年担当している。この詩は角田治彦くんが二年生の時に書いた『おかあさんの手』という作品である。まだ学齢に満たぬ頃、ポプラ並木の広い通りを、私は母につれられて、よく教会にかよった。かまわずにいると何処までも駆けていく私の手を、母はあの時、角田くんのお母さんのように、ほんとうに〝きつく〟握りしめたものだった。

ポプラ並木の白い通りや、母と一緒に入った銭湯の夢などは、見なくなってしまって久しい。

（「階段」1号・一九八九年十月）

いくつもの月

私の部屋は二階で、南に面している。最近、坂の下あたりにも高い建物が立ちはじめ、いつの間にか海が見えなくなってしまった。それでも、ガラス戸をひらくと、家々の黒い甍が眼下に波うっている。

月は、その悲しみの雫を滴らす、と誰かが歌っていたが、甍たちは月の光にぬれて白銀の波のように見える。それに、この露路のどこかで、ぼおうっと白く咲いているのであろう、沈丁花が微かに匂ってくる。仲秋ではないけれども、良夜なのである。見えない港から、何の合図だろう、汽笛がしきりに呼びかけてくる。

ここ半年ばかりの間に、親しかったひとを四人も喪って、気の滅入る夜が多かった。つい、強い酒を飲み過ぎて、頼まれた原稿も先に延ばし、泥のようになって眠ると必ず嫌な夢を見た。

　若いころ、ガスの検針係を五年あまり担当した。大きな邸宅の裏口から入って、計量器の在りかを探しまわる。ところが、どうしたことか、敷地の中はちょっとした町で、灰いろの建物が不規則に立て込んでいるのだ。迷路を右往左往するのだが、常に同じ場所に帰ってきて、どうしても計量器を見つけることが出来ない。そして、尿意をもよおし、汗びっしょりになって目覚めるのだった。似たようなのを何度も見た。渦巻きながら、奈落の底に引き込まれる、あの灰鼠いろの重い酔い……。

　〝秋の月は、限りなくめでたきものなり〟と言ったのは兼好だが、私の小学生のころ、芒に団子、小芋や枝豆などを若い母親が用意して、一緒に眺めた月見の情景は今も鮮明に思い出す。目を閉じると、材木屋の多かった神戸南部の運河に沿った暗い町が、ふうっと浮かびあがってきて、その上に、ぽっかり赤い大きな月が出る。これは、脳裡の襞にしっかり摺り込まれた動く映像だ。

　何故か、父はいつも不在だった。その長屋の二階の物干し場に茣蓙を敷いて、母と二人、いつまでも座っていた。中学生になったころから、意識して母を避けるようになっていた。大人になろうとして、私は一生懸命に背伸びをしていたのだが、母はどんなに淋しかったろう。そのころになると、月見の記憶は皆無だが、芒のかげで〝めでたき〟〝秋の月〟を、彼女は一人でひっそり眺めていたのだろうか。その母も心筋梗塞で急逝し、十七年が過ぎた。

もともと山歩きが好きで、機会を見つけては、あちらこちらと登りに出かけていた。地方史の現地を訪ねて、埋もれた歴史や伝承にめぐりあうのも嫌いではなかった。しかし、妻が言うには、〝母が逝ってからの旦つくは一段と旅に出ることが多くなった〟とか。

紀州の熊野には、ここ四、五年前ぐらいから出かけるようになった。この隠国には、懐かしい父祖たちの渾沌とした憧憬の思いがこもっている。日本人の原郷、などという呼び方もあるようだが、確かに、古道を歩くたびに新しい発見がある。

熊野へ参らむと思へども
徒歩《かち》より参れば道遠し
すぐれて山きびし
馬にて参れば苦行ならず

空より参らむ　羽たべ若王子

これは『梁塵秘抄』に集録されている今様歌の一つである。ここにあるように、熊野詣の道筋は嶮岨をきわめていて、後鳥羽院に扈従《こしょう》した藤原定家も『明月記』のなかで、〝身力尽き了んぬ〟だとか〝路間崔嵬、夜行甚有恐〟などと、しばしば泣きごとを述べている。また、女人高野ともいわれる那智の妙法山では〝くまの路を物倦き旅とおもふなよ、死出の山路でおもひしらせん〟という詠歌を巡礼があげる。実際、〝行路病者は数知れず〟で、大雪取越えの古道には、今も江戸時代の庶民の小さな墓石が、風に揺れる熊笹のかげに、ぽつんぽつんと立っている。病患に悩む人。来世において救われんことを願う人。〝蟻の熊野詣〟と言われたくらい数多くの民衆が、平安期から江戸末期にいたるまで、死を決して〝崔嵬嶮岨〟な熊野路を本宮に向かって続々と歩いたのだから、これは徒事ではない。貴族から武士・町人・百姓まで、その願いは多様で、一概に極めることは出来ないが、どちらかというと、人びとは肉体の滅ぶことよりも、むしろ魂の死をこそ恐れたのではあるまいか。

その熊野の古道・中辺路にある檜皮葺（現在は萱葺になっている）の民宿〝とがの

木茶屋〟に泊めてもらったのは三年前の秋であった。茶屋は熊野九十九王子（熊野権現の境外摂社）の一つである継桜王子社のすぐ東に建てられている。主人の玉置さんは自家用に取っておいていた猪の肉を出して、ぼたん鍋で歓待して下さった。囲炉裏の前で地酒を酌みながら、私たちは夜の更けるのも忘れて、熊野の自然や人情、史実や伝説について語り明かした。

火照った頬を冷やそうと、ふと席を立って表へ出た。薄墨で描いたような熊野の山なみが眼前にあった。濃く、淡く、それが遠くにはるばるとつづいているのだ。そして、熊野三千六百峰といわれる山脈のまうえに、月が出ていて、雲がしきりに走っていた。玉置さんも古道に出て来て、峰を二つ、三つと指さしている。

「あれが椿尾山、野竹法師、コンニャク山」

「おぐりはハンセン病だったんじょ。そうじょ。人に迷惑かけんよう、普通は歩かんあの山のタオを、てるてと二人、なんぎしながら越えていったんよ」

手に手を取って山の尾を歩む小栗判官と照手姫の姿が、その時、なるほど、私には見えた。月の下に、歴史上の人物以上の実在感を伴って。

月の光は、まことに、人に見えないものを見させてくれる。

四十年前の夏の夜、詩や小説について諤諤《がくがく》と論じながら、私は中村隆と鳥原貯水池の左岸を歩いていた。町で散々に酒を呷って来たのに、私たちはここでも安物のウィスキーを飲んだ。しいん、と月が出ていて、天心にあった。水の面の縮緬皺がきらめいていた。

裸になって、悪童の私は人造湖の中心の方へ泳いでいった。

「おーい、おーい……」

と、私に呼びかけながら、憂い顔の中村が後を追って泳いでくる。岸でも、兵庫県庁の役人になっていた西本昭太郎が大声で叫んでいた。

「おーい、かえってこーい……」

波が、私の傍らで何かを囁いていた。澄んで、まっさおな月が、じいっと私たちを見下ろしていた。

人生においても、文学においても、中村は私のよき先達であった。その掛け替えのない親友も、昨年の秋、脳梗塞で冥府へと旅立ってしまった。

ひかる甍のむこうに、とてつもなく高いビルがあって、その灯が、ぽつりぽつりと消えていく。しかし、相変わらず沈丁花は母のように、微かな香を放っていて、天心にかかっている月は限りなく、その追憶の雫を滴らせつづけている。

（「階段」3号・一九九〇年三月）

病院の坂道

その丘は四月の初旬になると桜の花におおわれる。会下山《えげやま》という名だが、楠木正成が足利尊氏の軍と戦ったところで、頂上には顕彰碑が建てられている。丘の東は切り通しで、南北に道がつながっている。少し南へ下ると三叉路で、東の坂道を上っていくとＫ病院に到る。

昨年の勤労感謝の日の朝はやく、妻は台所で倒れた。流しに身体をあずけて蹲るような恰好で倒れ込んでいた。糖尿病を患っていたので、低血糖による昏睡なのか、と思ったりしたがそうではなく、脳梗塞によるものだった。救急車が搬び入れてくれたＫ病院で、彼女は大量の血を吐いた。呼吸はあらく、そして頻繁に止まった。動く左手で酸素マスクを何度も払いのけようとする。看護婦さんが痰を取るためにチューブを喉に差し込むのだが、痛いのであろう、苦しそうに眉を顰める。

ベッドの傍らについてはいたが、夜も昼も、私はただ呆然と過ごしていた。たまに爪を切ってやったり、乾燥ぎみの蹠《あしうら》にベビーオイルを塗ってやったり、好きだったシャンソンのテープを取り替えてやったり、そんなことをしているうちに年は暮れ、いつの間にか春を迎えているのだった。

「低空飛行……といったところですね」

副院長兼内科部長のI氏がぽつんと呟いた。少しずつ良い方向に進んでいるのでは、と思っていただけに、この一言は胸の奥に刺さった。発病後数日して脳外科の権威のY外科病院のY氏から、断層写真の説明を聞いた。そして、

「患部が中脳なので、残念ながら手術は出来ない。……ということです」

と、宣告された。内科的治療をつづける以外に方法はないし、しかもその先行きにもほとんど希望は無い、というのである。

「私は絶望していません！」

K病院の妻の枕元で、ぼんやりユーモレスクを聞くともなく聞いていた私に、副院長のI氏は強い調子でこういったのだった。決して諦めないことです、と励ましてく

れたその人が、四か月余りも経つと、首を横に振るような仕種を見せながら、妻の現在の状況を、やっと低空飛行をつづけてはいるが、いつ墜落するやら分からぬ、と弱々しく洩らすのである。

呼吸は随分とやすらかになっていた。酸素マスクも取り外していた。その後、二度ばかり小量の血を吐いたが、それも安定したのか痰の色はもとに戻り、その量も極端に減った。左手を握ってやると、わずかだが握り返し、親指でこちらの手を撫でてくれたりもするのだった。短時間だが長い眠りから覚めて、目を開くこともあった。当初は宙を見ているだけだったが、時折、声をかけるとこちらの目の中をじいっと凝視したりした。

ある日、隣家のO夫人がお見舞いに来てくださった。そして、妻の目を見ながら、

「私よ、私、……分かる？」

「がんばって！　早くよくなってね！」

と、高い声で何遍も繰り返して呼びかけると、なんと二度、うんうんと頷くではないか。しばらくすると疲れたのか目を閉じてしまったが、以後、何度か私たちの呼びかけに応じてくれていたのだ。

一日おきに、長男のSが私にかわって泊まってくれる。妻を彼にあずけて、病院を出ると道が濡れている。月が出ていて白い建物が煌めいて見える。坂を西へゆっくり下っていく。歩道に桜の花片が散り敷いていて、まっ白である。それが何処までもつづいていて先は朧ろに消えている。北側の崖の上に大きな桜の木が数本ある。立ち止まって何となく見上げていると、花片が眼前に一枚、二枚、落ちてくる。それは、きらきらと月の光の中で耀いて落ちる。「低空飛行……か」と、ぼそぼそ呟きながら、私はいつまでも、肋の隙間の奥の方に突き刺さっている言葉を撫でさすっていた。そして、遠くへつづいている白い河のような道の途中に立ち竦んでいる自分を他人のように見ていた。

鎌倉時代の僧で、時宗の祖である一遍智真に、次のような歌がある、と古い詩友のN・Eさんが、妻が死去した後に励ましの手紙のなかで教えてくださった。

　　をのずからあい逢うときも別れても一人はひとりただ独りなり

その一遍は善光寺に参籠した時、二河白道図を自ら描き、のち伊予の閑室にこれを掛けて称名に明け暮れたというが、病院の坂道で身うごき出来ないでいた時、私はその〝にがびゃくどう〟のことを考えていた。怒りや恨みの火の河と、愛欲などに執着する水の河に挟まれた細い一条の白い道があって、どんなに二河に悩まされようと、白道をたどって行けば浄土に到り得る、のだというのである。

はかない桜の花片と夕べの雨がつくりあげた白い美しい一条は、私にとって、おそらく白道には非ずして水・火二つが絡まって流れる煩悩そのものの奔流なのであろう。

崖の上の桜も、会下山公園の数百本の桜も、花をすっかり散らして、緑の葉のあわいに小さなサクランボを実らしていた。公園の散策路には雪柳が白い小さい花をつけていた。四月のおわり、妻は尿道から葡萄球菌を感染、四十度前後の高熱がつづき、心筋梗塞を併発、これが命とりとなって死んだ。

事後の処理に二度、病院に出かけた。二度とも風雨の強い日であった。一度などは傘の骨を折ってしまった。その崖の草叢で白い猫が雨にしょぼたれて「にゃあにゃあ」と鳴いていた。白い毛並みが灰色に汚れていた。そして、白い雨脚が断続的に病院の坂道を駆け抜けて行くのだった。激しいものが流れていて、道は河に変わっていた。

（「階段」6号・一九九一年九月）

夢前川源流の辺り

そうではなく、雑事に追われて憂かぬ顔をしていただけなのだが、鬱々と日を送っているのではないか、と心配した山仲間たちが私を自然のなかへ引っ張り出してくれた。

「紅葉にはすこし遅いけどね……」

目的の山は姫路市の北方、夢前川《ゆめさきがわ》と林田川の最源流部の分水界、安富町と夢前町の境界にある雪彦山《せっぴこさん》。以前に二度ばかり登っているが、登山前日は近くの塩田温泉に泊まる予定、というので心がうごいた。

国ぜんたいが骨と皮になって戦争が終わったその年の秋、東京の武蔵境にあった拓殖系のカレッジから、私は悄然と神戸に帰って来た。心も肉体もぼろぼろで、ひっきりなしに下痢がつづいた。中学時代から、詩の断片のごときものをノートに書きつけていたが、それらも、異常に暑かったあの夏の日の午後からこちらは、放擲したままになっている。

毎日を呆然と過ごしていた私を、両親はそっと塩田へ壊れもののように運んでくれた。三日ばかり、祖父も一緒にその上山旅館の別館に泊まってくれたが、もう大丈夫と見きわめたのか、そのころ貴重だった黒砂糖を袋戸棚に残して帰って行った。

お湯につかっては散歩に出かける。散歩から帰ると、新しく買ったノートに言葉のきれはしを書きなぐる。単調なそんな生活に、小学二年生の（いや、一年生だったかも分からない）沼田くんが入ってきた。縁側から障子を開けて、するりと。いや、障子が開け放たれていたから、声をかけて、そのうえで入ってきてくれたのかもしれぬ。

早春、道の両脇に蕨が出はじめていた。沼田くんがそれを摘みにいこうと誘いにくる。ちいさな拳のように、くるりと巻いた新葉のさわらび。それを毎日、摘みにいく。ときには小学六年生の（いや、五年生だった？）沼田嬢や、そのお母さんも加わったりする。土筆も摘んだのだろうが、これはあまり覚えていない。塩田温泉に十日いたのか、半月いたのか、これも定かではない。温泉と、山菜摘みのおかげで、私は何とか心身のバランスを取り戻し、世間のなかに帰ることができた。

「なんと深い色や……」

朝風呂を愉しんだのち、食前の散歩に庭へ出た。下駄をつっかけてやってきたY氏が、稲荷社の前の楓の下で、「ほおうっ」と、おそい紅葉の、黄と朱の混じった微妙な煌めきに嘆声を発した。朝の光が葉の群がりを透して閑かに降ってくる。祠の傍らに献灯碑が建てられていて、そこには上山姓以外に沼田某なる人名も彫られている。たしか、沼田くんは旅館のオーナーの一族と聞いてはいたが、今はどうしているのだろう。ご父君は沖縄戦で亡くなられた、と後日に伝え聞いたりしたが。

九州の英彦山《えひこさん》、新潟の弥彦山《やひこやま》とともに日本三彦山として知られる雪彦山は、古来から修験者の行場であった。明治の初期に廃寺になったが、山中には法道仙人開基の山岳寺院・金剛鎮護寺があって山伏たちの道場になっていた。標高は九一五メートルで、そう高い山ではないが、出雲岩の巨岩があり、覗き岩やせり割り、馬の背などがあって結構きびしい山である。

途中に、わずかに傾斜した岩のテラスがある。端っこは雪崩て落ち込む崖なのだ。もう二十数年も前の夏のはじめ、雨にうたれ霧に巻かれ、このテラスで一息ついたことがある。滑り落ちそうな思いで近くの岩につかまったが、霧が晴れてみると、それは小さな遭難碑であった。出雲岩の垂直に近い岩壁の登攀をこころみていて、事故に遭ったのだろう。

〝計量し得ぬものを愛す〟

と、その遭難碑には彫られている、というような詩を下山したのちに書いた。世間にとおる間尺では計れないもの、地位や名誉や財産などではない何かを、滑落した若者は愛したに違いないのだ。

秤で量れないものを愛す。そのような生き方を夢みながら、現実の私の六十年の有り様は、そこから最も遠い周辺をあくせく這いずりまわっていたに過ぎなかった。

秋の日に暖められて、岩のテラスは心地よかった。ロートルが一人まぎれこんでいる五人のパーティは、ここでしばらく小休止した。汗をぬぐい、レモンをかじった。

「あらっ、こんなところに碑があるわ」

紅一点のF・Eさんが声をあげた。

「岩やってて落ちたんやな」

I・Y氏が腰をあげて、場所をすこし移動した。Eさんが二度、碑に彫られている銘文を呟くような小さい声で告げている。私はその文字が好きではなかった。Eさんの声はこちらの耳には微かでほとんど届かない。それなのに、その〝友は美なり〟という言葉は、私のうちらの深いあたりを刺しつらぬいた。

沼田姉弟の父君は太平洋戦争で亡くなられた。この遭難碑の若者は大岩峰より落下して逝った。そして、日と月はめぐり巡って、私の身辺から親しい人が次つぎに去ってゆく。心と肉体の均衡は、それでも何とか保っているものの、人の死は悲しく心を揺さぶる。

山頂を越え、岩肌がむき出しになっている急峻の下山路を、ときには鎖にぶらさがりながら降りてゆく。〝虹の滝〟近くの河原で昼食をとり、山の中腹に祀られている賀野《かや》神社にむかう。この社、古代の磐座《いわくら》信仰が、のちに神仏習合化し、雪彦山大権現とか賀野権現と呼ばれていたもので、いまも雪彦山の岩峰を御神体としているのである。

小径の傍らに、色の褪せかけた紅葉が、それでも夕日に彩られて、しばらくの華やぎをみせていた。散るまえの一瞬の耀きもまた美しい。そのまま視線を遠くへ遊ばせると、これは雪彦山地蔵岳の鋭い大岩峰で、その中ほどに取り付いているクライマーが望見できるのであった。
橙いろの小さな豆虫が、それでも御神体に挑んで、少しずつ少しずつ攀じ登ってい
くのだ。

（「階段」7号・一九九二年三月）

七倉の小さな蜻蛉

「針ノ木から船窪、烏帽子あたりまで縦走しまへんか……」

山仲間から声がかかった。梅雨は終わったはずなのに、ぐずぐずした天気がつづいている。しかし、七月の終わりともなれば天候は安定しているだろう。同行するつもりで用意をしていたら、どうしても抜けられぬ会議の日とかち合ってしまった。

「後から行くわ……船窪で合流させてもらうつもりやから……お願いします」

と、いうわけで、私は二日おくれて出発した。大阪・梅田のホテル阪神前から夜行バスに乗って。

ビールを少々と、ウィスキーを若干、舐めているうちにとろとろ眠気が催しはじめた。窓の外が白みだしたわい、と薄目をあける。何と、もう大町で、ここでバスを乗り換え、葛温泉経由で七倉ダムに向かう。ダムの傍らにある七倉山荘の、熱い味噌汁で朝飯を喰った。

湖に流入する七倉沢に沿って、ほんのすこし遡ると登山口である。急峻な登りなので、意識してテンポを抑える。青いジャケツの学生風の若者が、快調にとばしてきて追い抜いてゆく。まるで、青い風が吹き抜けていったよう。その後は、誰も来ない。木の根や、岩角を摑み、喘ぎながら登ってゆく。頭のてっぺんから汗が湧き出て、額から流れ落ちる。タオルで拭いても拭いても、湧き出て流れる。放っておくと、眉毛にたまっていたのが、ぽとぽと滴る。これが目に入ると沁みる。汗とともに悔恨のようなものも湧き出て、頰を、腋の下を流れ落ちる。

悔恨のようなものが湧き出る、と書いたが、それはいったい、何に対する悔恨なのだろう。それは、迷い多く、過ちばかり重ねてきた六十余年の我が人生のすべてに対してなのであろう、と心の何処かでおぼろげに感じているのである。

この、悔恨のようなものが、汗とともに滴り落ちるように感じはじめた最初は、母が急逝した翌年に登った黒部五郎岳の稜線上でのことだった。もう二十年も前になる。このときは、年来の酒友である亀井忠雄君と各務豊和君が行を共にしていた。私は山から帰ってから、しばらくして次のような詩を書いた。

したたり落ちる汗に　自らの悔恨を　見ている
喘ぐ　わが呼吸よ　過去よ
ひととき
岩　の　つめたさに　我
の存在　を
確かめている
ながい　ながい縦走のはてに辿りついた
氷河圏谷
しきつめられた緑の絨毯　の　うえに　散らばって　チングルマ　が
優しく　匂っていた
ななめなる雪田から誕れる　清冽　の
渓流　が　ゆがんで　膏じみた　わが顔貌の　醜を　映していた
白い　白い雲の流れとともに　蒼穹をも

しばらくは　　　　　　　　　　　（「したたり落ちる汗に」）

「おやこ水入らずで、いちど歌舞伎座にでも行って来たら……」

などと、よく妻は私にすすめてくれていた。しかし、私はチケットを手に入れると、
母には、

「新宮のトミさんとでも観に行っといで……」

と言うのが常だった。父の妹が、姫路の奥の播磨新宮に嫁いでいたが、神戸に出てくるのを楽しみにしていたのだ。そして、私は多忙を口実に、二人っきりで外出することをしなかった。

もともと、自分の人生のすべてに対して、悔恨の情をぼんやりと感じていたのだが、母に急逝されると、深い愛情で終生私を包んでくれていた母に、何ら尽くすことが出来なかったという思いが加わって、いっそうこの無念に似た感情は強いものになって、胸の底に沈澱していったのであろう。そして、孤り山に登るとき、期せずして汗ともに噴き出してくるのであった。妻が先立つと、妻への思いがこれに加重する。必然的に汗も倍加して湧出し、流れ落ちるのだった。

「唐沢のぞき」という一寸した峰で、私は呼吸を整えていた。七倉山荘を出発して、一時間半ほども歩いた後である。流れる汗を拭いながら、私は岩に腰かけ、樹間から唐沢岳のどっしりとした山容を、ぼおうっと眺めていた。因みに「唐沢のぞき」の高度は一五三六メーター、唐沢岳のそれは二六三二メーターである。

小さな、小さな蜻蛉が、数十、いや数百匹、私の周りに飛んでいた。一見、藪蚊ではないか、と思ったくらいの、小さなトンボであった。私は、岩に腰かけたまま、そっと、右腕を伸ばし、指を差し延べた。淡い麦藁いろの、小指の尖ほどもないくらいの小さなトンボが、私の人さし指の先っちょに止まった。止まって、じいっと羽根を休めたまま動かない。

「ゆっくりしておいで……」

私は、ほとんど唇を動かさないで、声をかけた。藪蚊よりも小さいトンボの透明な羽根が微かにふるえた。煌めいた。かげろう、とか、せいれい、という言葉が浮かび、私は、妻の精霊が、この小さなトンボになって私のもとにやって来たのではないか、と思ったりした。

「まあ、なんて可愛いトンボなんでしょう」

「見たのははじめてだけど、ハッチョウトンボというのかしら……」

何時、登ってきたのか、ピンクいろのヤッケの女の人が、私に話しかけていた。途端に、私の妻は、いや、小さな小さな麦藁いろの蜻蛉は、私の指から離れ、虚空へと飛び去った。すると、どうしたのか、私の周りに集まっていた数百のかげろうたちも、共に虚空に飛び去っていった。

「どうかしまして……」

どんな表情を私はしていたのであろう。身うちを吹き通っていったものは、怒りでもなければ、悲しみでもなかった。しかし、私は、ある種の虚脱感が波紋のように拡がりつつあるのを、にぶくではあるが全身に感じはじめていた。

「おさきに……うえで仲間に会うんで……」

また、汗でびっしょり濡れながら、尾根筋を登っていった。


(「階段」11号・一九九三年十一月)

いくつかの死語

学童疎開、というのがあった。

もう、死語にちかい。

アメリカ空軍の爆撃から子供たちを守るために、太平洋戦争の末期、都会の小学生たちを農山村に避難させた。その時に使った言葉である。ちなみに、当時は小学校といわず、国民学校と呼んでいた。また、太平洋戦争とはいわず、大東亜戦争と称していた。

その疎開は、昭和十九年（一九四四）に始められたから、今年で満五十年になる。父母と別れて暮らす淋しさに堪え、食糧不足による空腹を我慢しながら過ごした六百日の子供たちの記録・絵日記が残っていて、この八月、大阪で展覧会があった。

たまたま、そのオープニングに、講師の一人として、神戸大空襲にまつわる話をさせてもらうことになった。

〝超空の要塞〟とアメリカが豪語していた重爆撃機B29が、大挙して神戸に侵入してきたのは、昭和二十年三月十七日の未明、午前二時過ぎのことであった。最初の一機が、須磨から灘地区にいたる上空で、数個の照明弾を投下した。強烈な閃光で、市街は暗闇の海から青白く浮かび上がった。私は、それを二階のベランダから眺めていた。

それから、朝の四時半ごろまで、いくつもの米機の編隊が、次から次へと、市街の中心部に、膨大な量の焼夷弾と小型爆弾を混投していった。軍事施設とか工場地帯、あるいは交通機関などといったものだけを目標にしたものではなかった。この日より十数日前に、アメリカ空軍は大阪市北部から吹田・茨木方面にかけて、伝単（宣伝ビラ）を数万枚、ばらまいている。そこには、「工場・軍事施設・発電所・鉄道・停車場等に絶対近寄るな。人民を害するのが米国の目的ではない。しかし、日本軍閥を無力にするためには、軍需工場を皆破壊しなければならぬ……」とあったが、この夜、徹底的に破壊されたのは、人民であるところの神戸市民とその住宅であった。自ら撤いた伝単の殺し文句など糞食らえである。非人道的とでも言っていい〝無差別絨毯爆撃〟を、彼らは平気で敢行したのだ。

私の家は、山陽電鉄・板宿駅の北西、須磨区飛松町にあった。六月五日の空襲で焼かれるが、この日はどうやら助かった。空襲警報が解除になると、私は慌てて家を飛び出した。滅茶苦茶に無差別爆撃を受けたと思われる兵庫区の南部には、親戚や友人の家が散在していた。それに、学徒動員で狩り出されていた工場もこの地区にある。私は、それらの状況を少しでも早く知りたい、と思ったのであった。

路面電車の架線が、だらーん、と軌道の敷石の上に垂れていた。あちこちで、余燼が、ぶすぶすと燻っていた。空は冥く灰いろで、今にも雨が落ちてきそうであった。市電・松原線の清盛塚前を南に下がり、第五橋を渡る。橋の両側の水面から、湯気のような、煙のような、得体のしれない気体が上がっている。異臭が鼻をつく。後で知ったのだが、この辺りの運河の中で、五百余名の人が生命を奪われていたのだ。

火の海の町から逃れ、市電・松原線を越え、北へ向かおうとするのだが、「ザァーッ」という音とともに焼夷弾の雨が前方に降ってきて、広い道路一面に突き刺さる。それが、ものすごい火炎を吹き出すのだが、その炎の中で数人が倒れる。爆風で橋の上から飛ばされ運河に落ちる人。橋の上を火の帯が舐めるように走る。貯木場の筏の上に避難して、そこで火に巻かれる人。防空頭巾やモンペが、ぼうぼう燃えていて、火ダルマになって倒れる人。第五橋の東北にある大輪田橋の近くでは龍巻が起こる。燃えたトタンが紙のように空へ舞い上がり火ダルマの人影が橋の上をころげ回ってい たと思ったら、一つ、二つ、三つ……空へ吹き上げられ、火のついたまま運河に落ちていく。

生存者のそんな証言を読んだのは、戦後、それも随分と後のことだが、過去のどんな絵図にもない焦熱地獄が、私の歩いていく道路や橋の上で、ほんの数時間前に現出していたのだ。

道端の焼け跡に、一体のマネキンが立っていた。何故か、私は、ほっとしたのだが、それも束の間、私の心は固く凝り、鉛のように冷えていった。そこにあった店は洋服屋か何かで、陳列用の人形が一つ、焼け残っている。そう思って近寄っていったのだが、それは焼け爛れた人体であった。

御崎八幡社の境内には黒焦げの数十の焼死体がまるで丸太のように積まれていた。しかし、私の心は動こうともしなかった。消防団員のような服装をした年輩の人が、

左足を引きずりながらやって来て、

「ここで、ほとけさん、やかな、しょうおまへんな……」

と傍らの顎鬚の白い男に話しかけていた。

私は、なおも南へと足を運んだ。青い縞模様のモンペと上衣、そして、同じ模様の防空頭巾をかぶった女の人が、駆け寄って来て、私にむしゃぶりつき、「わあっ……」と声をあげて泣き出した。彼女は私より二つか三つ年上で、同じ工場に女子挺身隊員として狩り出されていたのだ。空襲のさなかは、鐘紡の赤煉瓦の塀のかげで、母親と二人、蹲ったまま、じいっと堪えていたのだという。

私たち三人は、彼女の家の焼け跡を、シャベルで掘り起こしていた。茶碗とか鍋など、何か当座の役に立つものが出てくるのではないか、と思ったからである。

何の予告もなく、そこへ艦載機のグラマンが一機、私たちを襲ってきた。機銃掃射の弾丸が耳もとを擦過した後も、長い間、私は地べたに伏さったままであった。

彼女の名は宗貞代《そうさだよ》といった。間もなくお母さんと一緒に、故郷の鹿児島に帰っていったが、その後の消息は聞かない。

「お芋が三つ、夕食に出ました。おいしゅうございました」

育ちのいい、疎開女子児童の絵日記にある文章だ。

そのころ、身も皮も綺麗さっぱり食べつくした魚の骨を、母は焙烙で丁寧に炒って粉にし、塩と黒胡麻を加えて、今でいう振掛けを作ってくれた。これを飯の上にかけて食ったが、あれも本当においしかった。


（「階段」14号・一九九四年十一月）

震災以後——灰いろの雑記帳から

わが家は四軒長屋の西端である。昭和のはじめの建築だそうだから、ざっと七十歳、私よりも年寄である。震度七という稀有の大地震に遭遇しては健在であり得る筈はない。

辛うじて倒壊は免れたが、屋根瓦はほとんど落下し、野地板は破損、壁も剝落し、家屋そのものも若干傾斜するなど惨憺たる様相を呈していた。屋内は階上も階下も本の洪水である。その上に壁土が落ち、雨が、じゃぶじゃぶ洩れてくる。壊れた屋根の上に青いビニールシートを張ってもらったのだが、強い風がやってくると、煽られて雨を呼びこみ、役に立たない。二度、三度と張り直してもらったが、ほんとうに往生した。

若い友人のFさんが、屋内の整理の応援に駆付けて来てくれた。これは数回にわたるもので、おかげで汚損した本を四千冊ばかり捨てることが出来た。自分ひとりでは到底やりおおすことは出来なかったろう辛い作業だった。

台所では冷蔵庫の扉が開いており、内らの食品のすべてが飛び出していた。戸棚は前面に倒れ、中の食器類は陶器のものであろうと、ガラス製であろうと、大半があちこちに飛び出し、滅茶苦茶に割れて散乱していた。倒れた戸棚の下には、ビール瓶や清酒の一升瓶が転がっていたが、これが不思議に一本も割れていない。おかげさまで、大地震のあったその日の晩にも、ビールで咽をうるおすことが出来た。

水の確保にも苦労した。ふっと閃いて酒屋へ水を買いにいった。

「ビールやったら何ダースでもありまっせ」

そやけど、水は、どなたにも一本だけで辛抱してもらってますねん。皆さん平等に……。

「まあ、しゃあないわな」

というわけで、ペットボトルの〝六甲のおいしい水〟を一本頒けてもらって引き下がった。

その翌日、山仲間のYさんが自転車で、瓦礫の道を縫うようにして見舞いに来てくれた。そして、お煎餅など若干の食料品と〝六甲のおいしい水〟一本の差し入れ。ふっと、込み上げてくるものがあった。

震災以来、何かにつけて涙もろくなっている。

「おーい、風呂に入りに来いや……。俺のとこ、もう水道もガスも復旧したんや……。肴は何もないけど、あとで一杯やろうや……」

垂水区の奥から、カメラマンのAさんがジープを駆って迎えに来てくれた。この時にも胸の奥が熱くなった。

お風呂では、いろんな方にお世話になった。鈴蘭台に住むMさんは長男の友人だが、このお宅には数回、もらい風呂に出かけている。私の雑記帳には次のように記している。

〝一月二十四日㈫　晋（長男）の車で、湊川の旧宅へ。一日中、整理作業。晋の手際いい仕事ぶりで、一階玄関付近と奥の間の一部整理はかどる。昼食は紅茶、チーズ、トーストなど。

夕食は、晋の友人が差し入れてくれた牛肉をホットプレートで焼いて食べる。缶ビール二本飲む。久しぶりの夕食らしき夕食。食後、晋の友人村田君宅（鈴蘭台）にもらい風呂。晋の車で。頭髪を洗う。これも久しぶり。浴槽のうちらに身を沈めていると、心の中のしこりも湯に溶け込んでいくよう。

入浴後、ビールを頂く。奥さんの家庭料理（小芋、ニンジン、ゴボウなどの煮物）も少し。これも、またまた久しぶり、

夫婦の間には二人の女の子。上は五歳で明莉（アカリ）ちゃん、下は三歳で智里（チサト）ちゃんという名。二人はかなり大きな蝸牛を飼っている。殻の中に首をすっこめていても、アカリちゃんかチサトちゃんが掌に乗せてやると、首を出し、角を出し、目を出す。そして、這いはじめる。その頭を姉妹はかわるがわるに撫ぜている。蝸牛の名は〈チャーチャン〉。餌は玉ネギ。もう二十日あまり、元気で二人と遊んでいるとか。紫陽花の葉に包まれた透明なビニールの三つの区画を持つ箱状の家に住んでいる。二人は水や玉ネギを与え、チャーチャンの排泄物なども、綺麗に掃除するのだとか。最近、紫陽花の葉が枯れかけてきたので、新しい葉を用意するつもり、と、これはお父さんやお母さんの言葉。

「また、来てね」

「明日も来てね」
幼い姉妹の声に送られて帰る。
ほのぼのと温かくなった心と身体。ひんやりとした外気もこころよい。〃
被災地の住民は風呂に入るのに本当に苦労している。私の家からバス停で三つばかり隔たった町の銭湯の再開した様子が、雑記帳に次のように書かれている。
〃一月二十六日㈭　……銭湯が営業をはじめているとか。三時過ぎ、大同湯、大黒湯などを偵察。たくさんの人が並んでいる。ほとんどが女性。大黒湯では整理券を発行しているとか。手に入れる方法は不明。大同湯、本日の男性入浴時間は十二時から午後三時まで。いまは女性の番。十二時に入るためには、午前八時から並ぶのだ、という。これではどうしようもない。帰途、開店していた喫茶店に入る。コーヒーを飲み、煙草を一服……〃
銭湯には入らなかったので、並びはしなかったが、鉄道の代替バスに乗るためや、罹災証明をもらうためには行列のうしろにつかざるを得なかった。今年は太平洋戦争が終結して五十年目にあたる。魚や野菜の〈配給〉をもらうためや、汽車のキップを手に入れるためなど、あの頃もよく並ばされたものだが、行列には、嬉しい思い出など一つもない。うっとうしい思いのままメモしていた断片を、三つ繋ぎ合わせて作品にしたのが次の「行列」である。

二列におならびください
ここが最後尾です
寸断された鉄道をつなぐ　代替バス
は　つづいてやってまいります
押さないで
どうぞ
タバコを吸わないで
待ち時間は　はい　ざっと六十分

＊

おおきな声で　誰も　叫んだりはしない
秩序ただしく

ポリタンや馬穴や鍋をぶらさげ
地蔵さまのように
やさしい顔して
給水車のよこに列んでいる

＊

ほんまに　極楽や
整理券もらうのに　朝の七時から並んだんやが　粉雪が
　舞っていて　ふるえたわ
それで　やっと手に入れたんやで
洗面器をかかえたおばさんの頬が　ちょっぴり赤く　ひ
　かっている

被災地における市民のほとんどは、ほんとうに〝地蔵さまのように／やさしい顔〟をしている。あの二十秒の激震による災禍の大きさに、一時、誰しも茫然自失していたが、いまもその状態がつづいていて、怒ることを忘れてしまったのだろうか。阪神・淡路地域の人びとは、東洋的諦念とでもいったものの具現者なのだろうか。あの日から、すでに四か月百二十日が過ぎたというのに、テントや体育館、公民館や学校の教室などで生活せざるを得ない避難者の数は三万人を越えているという。

〝きらきら／鋼鉄製の恐龍／ソドムの斜塔に嚙みついている／空気は土気いろ／とおくから　バイクに乗って／〈水をもらいに来たの……〉／見知らぬ女のひとが振りむいて　わたしに言った／〈粗い砥石にかけられたようで……心のなかまでざらざらだわ……〉〟

これも雑記帳にメモしていた「粉塵」という短詩だが、多くの不条理のすべてを赦しているかに見える〝地蔵さまのように〟やさしい顔した市民の〝心のなか〟は粉塵を浴びて〝ざらざら〟なのである。

今日も、被災地のいたる所で〝鋼鉄製の恐龍〟によく似た重機が、コンクリートビルに〝嚙みついて〟いて、空は灰白色にくもっている。

（「階段」15号・一九九五年六月）

とおい霧笛・道場

とおい霧笛

つい最近、「瀬戸内と私」という題のエッセイを、ある雑誌の編集部から求められて、私は次のような導入部で始まる短文を書いて送った。

〝小学校一年生の春休み、母に連れられて高知の久札まで旅をした。昭和十一年（一九三六）のことで、寒い春だった。

父がしばらく高知に滞在していて、私たちを呼び寄せたのである。母にも私にも四国は初めての土地であった。宇高連絡船の上から見わたす海は暗かった。霧笛がしきりで、母はしっかり私の手を握りしめていた。その暖かさを今も覚えているが、若かった母は私以上に心細かったのかも知れない。〃

父はこの頃、Tという三菱系の会社で職長をしていた。

「旋盤の神様なんやて……」

母は、ひそかにその連合いを自慢にしていた。その旋盤の神様は、独立して新しい会社をつくろうとして苦慮していた。高知に滞在しているのも、知人を頼っての資金集めが目的で、ということのようであった。若干の曲折があったようだが、数年後、父は知人のTA氏と共同でKダイキャストという会社を創立、副社長になり、後に社長に就任した。

母と私が、初めて四国に渡って、二十年という歳月が流れた昭和三十年（一九五五）の五月のある日、この海域で惨劇が起きた。連絡船紫雲丸が貨物船に衝突、死者百六十八人を数える、という事件である。私は少年の日に印象づけられた、暗く寒かった瀬戸の海を思い出し、心がふさいだ。また、あの長かった汽車の旅での、放心したような母の横顔も、記憶の底から浮かび上がってきて、思いに沈んだ。

車窓から見た大歩危《おおぼけ》の奇勝、あの片麻岩《へんまがん》の白いかがやきよりも白かった母の面差し。

土讃線で私たちは土佐久札まで行った。ここで父と会ったと思うのだが、もしかしたら須崎だったかも知れない。不思議なことに、私は高知県の何処かで父に会っている筈なのに、その父の姿は薄明のむこうにあって現れてこない。母の姿も、ここではふっつり消えてしまっている。

小柄で、色はすこし浅黒いが、均整のとれた、ほっそりとした女のひとが私の傍らに立っていて、私の手をとろうとしていた。何処までも続く砂浜で、高い波が打ち寄せてきてはまた引いてゆく。これが、太平洋の波なのだ、ということを私は強く意識しながら、女のひとの手を振り払った。彼女は少し首を傾げたまま、私の傍を離れずにいた。紺絣の筒袖・もんぺ姿だったが母よりも若かった。

ざわわわわっ、ざわわわわっ……

夕闇が濃くなってゆくにつれて、砂を嚙む波の音はいっそう強く激しくなってゆく。

私たちは渚で、いつまでも立っていた、と今でもそう思っているのだが、それは幼い日の感覚で、案外、それは短い時間だったのかも分からない。

広い座敷に沢山の大人たちがいて飲み食いしていた。あの女のひとや、父や母もこの中にいたのだろうか。しかし、私には見えなかった。私の前には洗面器ほどもある大きな皿が出ていて、〝姿ずし〟が盛られていた。これは、すし飯の上に魚が原形のまま乗っかっている態の豪快な代物であった。もちろん庖丁が入れられているから、子供でも抓んで食えないことはない。これも土佐の皿鉢料理の一つなのかも知れない。今なら喜んで味わうところだが、この時は、その荒荒しさに辟易した。見ただけで、むうっと胃の腑が拒否反応をしめして吐きそうになった。

あの春休みの旅行の記憶はこれで全てだ。父とも、母とも、この時の事はついに話し合わずに終わった。久札であったか、須崎であったか、その網元の広間での宴会は、あの砂浜で長い間、女のひとと対峙していたその後であったのか、どうなのか、それも確かではない。

かなり年下の異母妹が、この広い空の下の何処かで暮らしている筈だが、彼女が、あの土佐の海辺で出会った美しい女のひとの娘であるのか、どうなのか、それも今では知る由もない。

道場

小学校二年生になって暫くたった頃、父は何を思ったのか私に九九を教えはじめた。かなりのスパルタ教育で、私が間違うと、傍に置いてある竹刀に物を言わせた。もっとも、手加減しているので、そう痛くはないのだが、いつポカッとやられるか、と思いながらの暗唱だから随分と萎縮したものだ。

これは前年の夏休みのことである。父の会社の旅行があり、淡路島に連れていってもらった。ボートに乗せてくれたのだが、突然、海の中へ投げ込まれた。潮水をがばりと飲み、あっぷあっぷしながら、それでも犬掻きもどきで何とか岸まで泳ぎ着いた。おかげで、それ以後は水に強くなった。

毎年、夏になると朝早くから須磨の海岸に出かけてゆく。そして〝もんぐり〟をやる。潜水である。水深二メートル前後のこの辺りの浅海にはバカガイがいっぱい棲息していた。漁師が養殖しているのだ。長さ七センチから八センチぐらいあって、かなり大きい。こいつを取って、浜辺で焼いて食べる。なかなか乙な味である。これは

「あおやぎ」といって鮨種になる。美味いわけである。五年生の夏だったか、見廻りの兄《あん》ちゃんに追っかけられ、砂浜に脱いでいた衣服もそのままにして逃げ帰ったことがあった。

その頃、私は古い兵庫の津に近い芦原通に住んでいて、道場小学校に通っていた。真光寺という時宗の大きな寺が校舎の東にあったが、ここは鎌倉時代の偉大な遊行僧・一遍智真の終焉の地であった。真光寺は以後、時宗の檀林（学問所）となり道場（修行の場所）となったが、寺に隣り合わせた私たちの学校の名は、これに由来する。もちろん、そのことを知ったのは随分と後であったが。

寺の山門脇には大きな放生池があって、信心ぶかい庶民たちが放った子亀や親亀が、石垣の上で、のんびり甲羅を干していた。

広い境内の一部を、樟の大樹たちが鬱蒼たる森に形づくっていて、鳩や雀に絶好の塒を提供していた。昼なお暗いこの森には、秋が深まる頃になると鶫《つぐみ》がやってくる。バカガイ取りなどで結盟関係にあったK・KとK・Sと私、の悪童三人組は、空気銃を小脇に抱えて、仄ぐらい樹間に身をかくす。つめたい銃身、撃鉄にかかった人差指、そして、鳥たちに聞こえるかと思える心臓の鼓動。

鵜は命中しても、ほとんど落ちてはこない。ぱっ、と羽を散らして飛び去ってしまう。雀は何羽も物にした。兵庫運河沿いの、淋しい貨物駅がある原っぱで、私たちは獲物をヤキトリにして賞味した。

この貨物駅の引き込み線路に並行して、運河は、廃油を若干混じえながらではあるが、あくまで緩やかに流れていた。近くには貯木場があり、ぎっしり筏が浮かんでいる。筏に組まれていない大きな丸太も浮かんでいた。後に「ちいさなコスモス」という詩を書いたが、次にその一部を記す。

〝マルタオトシで　油くさい水をなんども／相手に飲ませてやった／いちどは　こちらがイカダの下に吸い寄せられて／危うく窒息しそうになった／コスモスのはてしなく拡がる原っぱ……〟

秋桜の咲き乱れる貨物駅構内の原っぱや、鵜のやってくる寺の森、バカガイが無限に棲息している澄明な海など、それらは悪童どものミクロコスモスであり、私の道場そのものであった。下町の小さな家に住んでいたが、厳しい父と、優しい母に守られて幸福だった。

〝筏師の寄場が二つ　竹屋が三軒／うっすらと靄がかかる夕暮れになると／風呂屋の

角に灯がともり／ひくく　蝙蝠の群れが空をおお〃う、そんなふうな、すこし淋しい
町ではあったけれど。

（「階段」16号・一九九六年七月）

ムモンさん

「あの人がムモンさんやで……」

東山町のバス停前を通り過ぎてゆく小柄な坊さんを指差して、傍らにいた詩人の中村隆さんが教えてくれた。

祥福寺僧堂の師家《しけ》、山田無文老師をその時に初めて知った。柔和な雰囲気が、その小さな体軀のまわりを包んでいた。

祥福寺の若い雲水修行の僧たちは、黒衣を風になびかせ、寒中でも素足の草鞋ばきで、「オッウォー」と、いうふうに聞こえる野太い声を張り上げながら、兵庫の町々を闊歩し、托鉢してまわる。見るからに筋骨逞しい男たちで、私は彼らの姿に重ねあわせ、中世の僧兵たちを思い浮かべたりしていた。その僧兵の親分だから、ムモンさんはもっとがっしりと力強そうな人であろう、と何となく思っていたので、小さくて優しそうな老師に出会って、ほんとうに意外の思いをしたことだった。

しばらくして、私は市電のなかで老師に出会った。神戸市電は昭和四十六年の春に全廃されているから、それ以前のことである。車内はよく空いていて、私の座っている席の真ん中に、ムモンさんが〝ちん〟と座っておられた。もちろん腰かけておられるのだが、何だか、座席の上に正座しておられるように見えてしかたがなかった。それに彼の周辺には暖かそうな、もやっとした光が漂っていた。あれは、窓外から差し込んでくる陽光が作用していたに過ぎなかったのかも知れないが……。

数年して、私は若い友人の吉田さんに相談を持ちかけられて、いっしょに平野の祥福寺に出かけていった。山門を入ったところに、石の水盤が胸の高さあたりに設けられていて、冷たい清水が滾滾《こんこん》と湧き溢れていた。人っ子一人いない境内の何という静寂。ただ、きららかな春の光だけが水にたわむれていた。

無文老師は不在だった。それに講演の依頼は、まず文書をもってしなければならないことになっていたので、その日の訪問は無意味に終わった。しかし、あの〝しじま〟は今も忘れない。煌めく光。零れ落ちる水。そこには、無と有が絡みあって在り、一瞬のなかに永遠のごときものが垣間見えた。

その年、昭和五十二年の秋、人事部研修課長の吉田功さんの尽力で、大阪ガス社内教養講座が本社ビル三階ホールで催された。もちろん、当日の講師は花園大学学長でもあった山田無文老師である。「日本の道―鏡のようなきれいな心に―」という演題であったが、そのなかで、ムモンさんは自作の歌を引用された。

大いなるものに抱かれあることを
けさ吹く風の涼しさに知る

早稲田中学から東洋大学のインド哲学科へ進んだ山田青年は、一日一食といった真にきびしい戒律生活をおくるが、とうとう肺結核になり、帰郷、一年あまり寝て暮らす。

夏の初め、縁側に這ってゆき、座っていると、涼しい風が吹いてくる。「こんないい気持ちになったのは久しぶりだなあ……」と、涼んでいて、ハッと気がついた。空気がうごいて風になる。この世に生をうけて二十《はたち》過ぎの現在まで、その空気によって育てられ、養われてきた。そんな恩を受けていながら、いままで空気の存在を忘れておった。……そう思うと、とめどなく涙が出て、泣けて泣けて、どうしようもなかった、のだという。

前掲の歌は、その時の感動を詠《よ》んだものだが、自分は生きておるのじゃなく、生かされておったのだ、と痛感し、そう気がついたら気分が晴れ、病気も快方に向かっていく。

〝大いなるものに抱かれ〟であることを、ムモンさんのように劇的に知覚したわけではないけれども、似たような思いには、時折ひたることがある。〝大いなるもの〟にだけではなく、肉身や先達、多くの知友たちからも、私は支えられ、生かされ、育てられてきている。

私にとって、ムモンさんは忘れ得ぬ懐かしい先達の一人であり、その人のことを思い出すと、次つぎに自分の半生におけるいろいろな局面も浮かび上がってきて愛《かな》しい。

（祥福寺「真人会」五十周年記念誌掲載のものの再録）

（「階段」18号・一九九七年六月）

島田一郎君のことなど

島田君は旧制の中学で同じ学年だったが、クラスは別だった。しかし一年生のときから彼も私も剣道部に在籍していた。私は長身だったせいか野球部の上級生から、また算盤《そろばん》がすこし出来たので珠算部から入部を誘われたが、結局は剣道部に入った。それは小学校のころの恩師牧野一夫先生の影響によるものだった。先生は課外に、よく少年小説（佐藤紅緑などの）を読んでくださったが、また木刀で剣道の型を教えてくださったりした。私は牧野先生に憧れに似た感情を抱いていたのだ。

島田君は色浅黒く引き締まった肢体の持主だった。瞬発力があり、すこぶる敏捷だった。それに何より稽古熱心だった。先輩に稽古をつけてもらう時には、先ず第一番に、「おねがいします」、と前に出た。かかり稽古や、練習試合など予定のメニューが終わった後も、彼はひとり鏡に向かって型の工夫などをしていた。私は当初、彼をライバル視していた。しかし、三年生の後半ごろになると、先輩たちが、彼を将来の主将として扱っているのが何となく分かるようになってきた。対外試合で、たまに先鋒に起用されることはあったが、彼はしょっちゅう中堅として活躍していた。

昭和十九年四月、私たちは四年生になった。学徒勤労令などというものが出され、私たちは航空機の部品を作っている東洋ダイカストという軍需工場に動員・配置された。この工場は神戸市兵庫区の南、和田岬の近くにあったが、翌年三月十七日未明の神戸大空襲で被爆し焼失してしまった。この日午前二時ごろ、アメリカ軍爆撃機B29の六十数機は、神戸に侵入、周辺部から都心にかけて、小型爆弾と焼夷弾による無差別爆撃を行った。だから、三菱重工神戸造船所だとか川崎重工などといった軍需関係、あるいは港湾・運輸といった大動脈だけが爆撃されたのではなく、非戦闘員たる一般市民の住宅や生命もまた狙われ、大きな惨害をこうむったのであった。戦後に公表されているが、この日の死者二千五百九十八人、負傷者八千五百五十八人、家屋の全焼全壊六万四千六百五十三戸、被災者二十三万六千百六人とある。

私は、須磨区飛松町、山陽電鉄板宿駅の北西のあたりに、両親や祖父母とともに住んでいた。幸い、この日の空襲では被爆や類焼から免れた。三時間余にわたる米機の大規模な爆撃（どのようにして計算したのか、神戸区と須磨区だけに投下された焼夷弾と爆弾の数はあわせて約三万四千個に達したという）の後は、全市街に余燼がくすぶり、空の下いちめん暗澹たる灰墨いろの絵の具で塗りつぶされているかに思われた。路面電車の通りに沿って歩いていくのだが、架線は低く垂れて地面を這い、電車は焼け焦げて悲しげに立ち往生していた。

一生懸命、私は歩いていった。動員された工場のある町の方へ。その辺りには学友や、親戚縁者の家があった。安否を問うつもりで出かけたのだが、途中で何度も絶望的な気持ちに襲われた。今は清盛橋と読んでいる当時の第五橋を渡る時、背筋が冷水を浴びせられたように寒くなり、立ちすくみ震えた。

運河からは湯気が上がっていた。ただそれだけだった。すこし硫黄のごとき臭いがした。灰墨いろの水面から、墨いろの湯気が立ちのぼっていた。それだけのことだったが。

鬼気迫る、という言葉がある。そんな情景かと聞かれたら、そうだ、と応えるしかないが、そうでもない。怖い、というより寧ろ淋しい思いに近い、とでもいえるか。

そうでもない。

橋を渡ると右側に御崎八幡神社がある。その境内で消防の制服を着たかなり年輩の数人が作業していた。黒い丸太を積み上げているのだ。胡麻塩の口ひげの男が、隣の小柄な国防服に声をかけている。

「やっぱりここで焼かな、しょうおまへんな」

それは、焼死した人々の遺体であった。後に知ったことだが、劫火から逃れるために多くの人が運河に入り溺死し、また爆風で飛ばされ、近くの大輪田橋から転落、死亡した人も多かったという。

数日して、私たち動員学徒は鐘淵紡績兵庫工場に配置転換となった。東洋ダイカストは空爆で無くなっていたからだが、広大な敷地を誇っていた鐘紡兵庫工場もほとんど壊滅状態だった。ただ、この工場は建物や塀など建築物のすべてが煉瓦で出来ていて、その残骸は再生すれば防空壕の材料になるなど貴重な資源だから、学徒にその作業を担当させろ、というのである。

ケレンとかケレンケレンというのが、その煉瓦再生作業の名称である。古い字引にはあるかもしれないが、新しい辞書、たとえば広辞苑の第五版などには、「けれん」

は、はったり、とか、ごまかしという意味で出てくるだけで、煉瓦再生作業としては無い。もうとっくに死語になってしまったのである。

倒れて、ばらばらになっている煉瓦塀の残骸に取り組む。金鎚や金梃、先の尖った金棒やら金箆、いろんな道具を使って、煉瓦をくっつけているセメントの部分を削り、一個ずつ丁寧に丁寧に取り出していくのである。

再生した煉瓦はそれぞれの持ち場に積み上げる。真面目で器用な生徒は一日で百個ちかく積み上げる。しかし大半の生徒は、こんな仕事やってられるか、といった思いで仕事に身が入らない。藤田君もそんな一人だが、焼け跡から拾ってきた小型の不発弾（長さ六十センチくらいの八角柱）を、この再生煉瓦の山に投げつけた。

爆発音と悲鳴で、生徒たちは、その場所に駆け集まった。張本人の藤田君の左目には小さな破片が刺さった。も一人の藤田君はお尻をすこし抉られた。島田一郎君は倒れて呻いていた。

鐘紡の診療所に担ぎ込んだ。灰いろの小さな建物の中で、小柄な白衣の老人が応急手当てをしてくれた。破片が右大腿部を貫通していて、このままでは出血が止まらず大変なことになる。県立病院（現在、神戸大学医学部付属病院）で処置してもらうように、と言うのだ。彼は医師ではなかったのかもしれない。

どこまでも瓦礫の野であった。島田君を担架に乗せて、北へ北へと歩いていった。直線距離で三キロメートルはあったろう。級長の藤見君と私、あとの二人は斎藤君と福永君。担架に島田君の血が溜り、時折、ぽたり、ぽたり、と漏れ零れた。たまに小さく呻いたり、痛い！　と声を発したりはしたが、随分と抑えている様子が何となく伝わってくるのであった。まっかな夕焼け雲だった。島田君の血で染められたような。

連絡しておいた担任の鈴木先生や島田君のご両親も病院に駆けつけてこられた。彼の家は兵庫の古い老舗、折箱の問屋で、一郎君は一人っ子だった。私たちは痛む肩を手で揉みほぐしながら家路についた。

出血多量で、翌日の朝方、島田君は亡くなった。もうすぐ三月末。戦時繰り上げで、私たちは卒業することになっていたのだが。

「島田君は、りっぱな剣士だったね」

藤見君が、ぽつりと呟いた。担架上で痛みを怺え、声を殺していた島田君のことを言っているのだな、と思った。


（「階段」22号・二〇〇一年八月）

首吊りの木のかげ

時折、立ち止まっては息を継ぐ。汗を拭う。私の家から三十分ばかり、急な坂道を登ってゆく。途中、熊野神社の鳥居前では社殿に向かって一礼する。この神社の例祭には必ず雨が降るので、氏子の人たちは〝ショボショボ権現〟と呼んでいる。坂を登りつめた崖の斜面には、二階建ての白い洋館が町を見おろしている。市街地の真中には、まるで海のなかの島のような緑の丘陵が東西に横たわっている。標高八十メートルの会下山である。建武三年というから、今からざっと六百七十年前、九州から東上する足利尊氏を迎え撃った楠木正成が本陣とした丘である。眼を遥か南に転じると、淡路島や和歌山、紀淡海峡の友ケ島まで望見し得る。もっとも、雨上がりで大気が澄明な朝方だけだけれど。

白い洋館の北側には山寺がある。朝の六時になると梵鐘が撞かれる。行守寺という。墓地があり、法界の石標が立ち、六地蔵が道に沿って祀られている。傍らの鞍部を越えると眺望がひらけ、眼下に青い水を湛えた烏原貯水池がひろがる。この南から西にかけての小丘・北山の一部は、かつて夢野丸山と呼ばれていた。

『摂津国風土記』逸文のなかに、「歌垣山」という条があって、次のように記されている。〝摂津《つ》の国の風土記に曰《い》はく、雄伴《をもと》の郡。波比具利岡《はひぐりおか》。此の岡の西に歌垣山あり。昔者《むかし》、男も女も、此の上に集ひ登りて、常に歌垣を為《な》しき。因《よ》りて名と為す〟

雄伴の郡とは神戸市の古湊川以西の地方のことだが、波比具利岡も、その西の歌垣山も、遺称がなく何処だか分からない。

歌垣《うたがき》（嬥歌会《かがい》）については、岩波の「日本古典文学大系本」の注に、〝宗教的祭儀に起原し、定められた場所で男女が飲宴歌舞また交会する行事〟とあり、『広辞苑』では、〝一種の求婚方式で性的解放が行われた〟などとみえる。また『万葉集』には、高橋連虫麻呂《たかはしのむらじ》の〝筑波嶺《つくばね》に登りて嬥歌会を為《す》る日に作る歌〟が収められている。次に記しておく。

〝鷲の住む　筑波の山の　裳羽服津《もにきつ》の　その津の上に　率《あども》ひて　娘子《をとめ》壮士《をとこ》の　行き集ひ　かがふ嬥歌《かがひ》に　人妻に　我《わ》も交《まじ》はらむ　我が妻に　人も言問《ことと》へ　この山を　うしはく神の　昔より　禁《いさ》めぬ行事《わざ》ぞ　今日のみは　めぐしもな見そ　事も咎むな〟

もともと農作物の豊饒を予祝して行う行事であった、とのことだが、〝人妻と私も交わろう、私の妻にも誰か言い寄れ〟というのだから、これはかなりラジカルだし、その、かがふ（乱婚する）歌垣が、いかにおおっぴらなものだったかが分かる。

雄伴の郡の歌垣山は何処だか分からない、と書いたが、『条理制』『ひょうご地名考』など多くの優れた業績を遺された史家落合重信さんによると、その歌垣山は夢野丸山古墳（円墳）のあった北山の地ではないか、と推測している。そして、その著書の中で、この地は〝北の烏原村、南の石井村・夢野村の若い男女が、山を隔て集まって来、共に手を携えての盆踊の場所であった。歌垣の遺影を留めている……会下山説もあったが、東に岡に当たるものがない……〟と述べておられる。

貯水池の周囲は〝森と水の回遊路〟として整備されており、誰彼となく散策を楽しんでいる。時にランニングしている若者にも出会う。ラジオ体操をしているグループは二つ。北の地蔵広場と南の亀の甲広場。石で造った大亀の造形作品が据えられている所が〝亀の甲広場〟。私はここが盆踊の場所であったのではないか、と勝手に想像している。

他に休憩所が二つ。そして、右岸には小公園があり、椿、山茶花《さざんか》、紫陽花《あじさい》、百日紅《さるすべり》、木槿《むくげ》など、四季折々の花を楽しませてくれる。

私はここで一息入れる。空いていれば、アキニレの大木のかげのベンチに座る。後ろの灌木のしげみでキジバトが鳴く。〝ぼう　ぼうぼう　ででっぽう〟と鳴く。むし暑い夏。どんより、大気は動かず、風一つない日がある。しかし、どんな日にも、水面を微かに渡って来て、このアキニレの樹間を抜けていく風がある。風の通り道とでもいうか、ここは不思議の場所なのだ。カイツブリが、ふと水中より現れてくるのも、この木が水面に影を落としている辺りなのである。

暑い夏だった。朝の散歩が億劫になった。短い旅に出ていたりして、烏原にはしばらく御無沙汰していた。八月も終わるころ、少しは歩かねば、と私はやっと腰を上げて急な坂道を登っていった。たっぷり汗をかいて、私はアキニレのかげのベンチに休んだ。

「そこで、首吊りがあったんでっせ……」

百日紅のあかい花の下にいた白い野球帽の人が、声をかけてきた。

「六十三歳やそや……わしより二つ下や……その枝からぶら下がって……こっち向いて……」

「そのベンチのとこ、ええ風来まっしゃろ……わし〝極楽のあまり風〟言うてきましたんやが……」

「何か家庭の事情とか、女のことやとか……」

私は「ほおう……」と言ったが、後は黙って聞いていた。ひんやりとした風が吹き抜けていく樹間に、六十三歳の男の無念の表情が浮かんでくる。『常陸国風土記』のなかに、次のような歌が録されている。

〝筑波嶺《つくばね》に　逢《あ》はむと／いひし子は　誰《た》が言《こと》聞けば／神嶺《かみね》　あすばけむ〟

〝筑波嶺に　盧《いほ》りて／妻なしに　我が寝《ね》む夜《よ》ろは／早やも　明けぬかも〟

「筑波山の歌垣で契《ちぎ》ろうと約束したあの娘は、どの男の言葉になびいて一夜をともにしたのだろう。歌垣の晩に恋人を得ることなく独り寝する、こんな夜は早く明けてくれ」とでもいうのだろう。このあぶれ男の口惜し涙と、極楽のあまり風に吹かれて揺れていた男の無明の思いが、また二重うつしになってくる。

「人間、生まれてきた時、煩悩なんかいうもん持ってまへん。そやけど、何時の間にやら、其奴《そいつ》を抱えこむんでんな。彼奴《きやつ》とは死ぬ時まで一緒に、仲良う付き合いながら行くのがええんですわ」

月に一度、般若湯を酌みかわす坊さんが、杯を傾けながら言ってたが、そんなものかも知れんなあ、と思いながら私はベンチから立ち上がった。

（「階段」24号・二〇〇二年十一月）

パンツの紐

今年は、梅雨がなかなか明けず、八月に入っても雨がよく降った。

お盆の前の日、息子夫婦や孫たちと墓まいりに出かけたが、雷鳴と、はげしい風雨に見舞われ、這這《ほうほう》の体で墓地を後にした。お花は何とか供えたが、線香にはなかなか火が付かず、持参していった御萩……、妻の好物だった御萩は、包みをひらいて墓前に置くことが出来なかった。

「ちかいうちに、また来るからな……」

と言って帰って来た。父や母、祖父や祖母とも、ゆっくり対話したかったのだが。

デニーズというファミリー・レストランで昼食をともにし、帰宅した途端に電話のベルが鳴った。

「カメイが、昨日なくなりました」

声はかたく、心なしか震えている。一瞬、耳を疑った。亀井忠雄さんは五十年来の知己である。同じ会社に勤めていたが、山仲間であり、酒の飲み友だちであり、それに何より、胸襟をひらいて話し合える心友であった。

〝カメさん〟とか、〝おとうちゃん〟と、彼は親しい仲間から呼ばれていた。後者についての命名は、とくに勤務先の部下や後輩の面倒をよく見ていて、慕われていたせいであったからだ。正義漢で自説を曲げない、頑固一徹、と上司などから思われていて、随分と煙たがれる反面、その仕事についての信頼度は高かった。豪放なところもあって、酒席で酔っぱらい、営業部長の禿頭をうれしそうに撫でたりした。部長の苦笑いしていた福々しい顔を昨日のように思い出す。私もそうだが、彼はほんとうに酒を愛した。酔歩蹣跚《まんさん》、酒友と一緒に溝へ落ち、そのまま眠ってしまったりした。

何時だったたか、須磨の鉢伏山へ梅見に出かけた。山仲間が七、八人。南斜面の梅林をめぐるのだが、例によって酒になる。ほどよく酒が回りはじめたころ、空が急に暗くなり、何と雪が降り出した。これがまた大雪で、北西からの風を伴って、全山をすばやく真白にしてしまう。

雪は酒徒らを子供に変える。いや、子供に非ず、大供である。連中は勝手気儘に紅白に別れて雪合戦をはじめた。霏霏《ひひ》と降る雪、それを丸めては誰彼なしにぶっつける。走り、ころげ、雪にまみれ、喉が渇くとオミキでうるおし、また朧の異界・合戦の中に入ってゆく。コンクリートの亭から眺めていると、人も景色も、あわあわと雪の彼方に消えてしまいそうに思えてくる。

「まるで、夢幻劇やな……。耳すましてみ……どこか、遠くの方で鈴の音が聞こえるで……。橇に乗って、雪女がやって来よるみたいや」

と、今日の宴の提唱者である大先輩のロマンチスト・谷さん。

一人、二人、三人と、喉をうるおしに亭に帰ってくる。

「あれ、カメさんおれへんで……」

と言ったのは、荒木くん。ワンさんが通称。屋台のラーメン屋で毎夜のごとく浅酌するから付けられた綽名。

「雪女に攫われたんちゃうか……」

などと言いながら、吹雪のやまぬ山襞を、あちらこちらと探しまわる。

山腹のくぼみに大きな松の木があって、その根元のあたりに、雪が、こんもり盛り上がっていた。下駄を履いた足が二本、にゅうっと、雪の山から突き出ていた。これを見つけたのは、ヨコちゃんの横山くん。一対の下駄は、何か拍子を取っているみたいに、上へ下へ、左右交互に動いている。

〝雪よ岩よ　われらが宿り
　俺たちゃ町には　住めないからに〟

寄ってたかって亀井くんを掘り出したが、彼は雪に埋もれたまま、仰向けになっていて、目をつむって、雪山讃歌を歌っていた、らしい。これはムーチャンの村上くんだったかの証言。

あわや、雪女に異界へと攫われそうになったカメさんには、もう一つの綽名があった。〝ザ・ラスト・マン〟。誰が付けたのか不明だが、最後（に生き残る）の人、と言うのだそうだ。

彼は、黒部の雪渓で、足を踏みたがえ、滑り落ちた。あっと言う間の出来事だった。見る見るうちにカメさんは私たちの視野から遠去かる。速度ははやくなる一方で、その先には暗黒の谷が待ち受けていた。こちらの方が奈落の底に墜落する思いである。豆粒のように小さくなっていくカメさん。と、その姿が急に停止した。立ち上がり、私たちの方を向いて手を振っている。彼の乗り上げた場所、そこはどうやら、山稜が雪渓側に張り出している端っこの草付のようであった。

夏のある日、前穂高岳北尾根の東南につづく慶応尾根を、私たちは涸沢小屋に向けて歩いていた。

突然、ザァーッという不気味な響き。腹の底にこたえる震動。これはてっきり、頭上のガレの崩落にちがいない。私は崖のわずかな凹部に身を寄せた。ところが、小石一つ降ってこない。そのはずである。ガレの崩落は、私の後方の谷側で起こっていた。しかも、亀井くんが、その岩屑とともに滑落したのだ。十数メートルばかり落下し、ほんの少し張り出している岩稜に、彼は辛うじて食らい付いていた。

右足を傷めていたが、それでも、ワンさんが投げ下ろしたザイルを利用しながら、何でもなかったような風情で、岩場を這い上がってきた。

涸沢小屋で一泊した。パーティは北穂から大キレットを越えて、槍へ縦走する予定であった。カメさんの右の踝は青く腫れ上がっていた。しかし彼は、たんなる打撲にすぎないから、自分は一人で上高地に降りて待っている。一行はスケジュールどおり出発してくれ……下山して合流したら、平湯あたりで一杯やろう、と言うのだ。

〝星が降るあのコル　グリセードで
あの人はくるかしら　花をくわえて
アルプスの恋歌　心ときめくよ
なつかしの岳人　やさし彼《か》の君〟

この時のリーダーのワンさんの好きな〈岳人の歌〉の一節である。平湯の宿では、メンバーのすべてが、たらふく一杯飲んだ。月光の下の露天風呂の湯の中で、カメさんとワンさんは、何度も何度も〝花をくわえて……心ときめくよ……〟と、この歌をうたっていた。ともに剛直な二人の山男と、この歌との取り合わせは、どう考えてもちぐはぐなのだが、不思議に何とも言えず微笑ましいのだった。

家に帰って一か月、カメさんはやっと病院に出かけた。踝の腫れがいっこうに引かないからだ。引かないはずである。アキレス腱が断裂していたのだ。

夫人の仲子さんの話では、今回もいっこうに病院へは行こうとしなかったようである。S状結腸ガンの手術はうまくいって退院も間近であったというのに、このたびは死神にまんまと取り付かれ、肺炎を起こし、ついに逝ってしまった。享年七十七歳である。

八月十五日、暑い日だった。西宮の満池谷斎場に、山仲間たちも駆けつけて来た。私には仲子夫人を慰める言葉がなかった。

帰宅して、仏壇の前に座り、報告した。亡妻は看護婦だった。カメさんは独身時代、駅伝の選手だった。スタート・ラインでウォーミング・アップしていて、運悪くパンツの紐がぷっつり切れた。さすがの豪傑も赤くなったり青くなったり……。たまたま、救護班員として居合せた妻が、紐をつないで、また通し、彼は勇躍、走りに走った、のだそうだ。

これまでは酒の肴にしたりしていたのに、この時ばかりは、こみあげ、溢れてくるものがあって、どうしようもなかった。

（「階段」25号・二〇〇三年十一月）

あかぬ別れ

書斎、というより、今や物置である。床の上に、ぺたんと座って、あちこちに積んでいる資料を整理していたのだが、それにも倦んで、しばらくぼんやりしていた。
窓の外がすこし暗くなっている。日が翳りはじめたのであろう。部屋の中に靄のようなものが漂っている。いや、これは埃。忘れられかけた記憶のようなもの。手ぢかにあった古い雑誌のページを繰る。薄い詩の同人誌である。すでに鬼籍に入ってしまった知人の作品が次つぎにあらわれる。

〃わが人もわれを去り
わが獣もわれを見捨てた〃

「愛のうた」というT・Aさんの詩の一部だ。すると、はらり、と、セピア色になった集合写真が一枚、膝の上に落ちてきた。

それは、昭和二十七年の一月か二月、神戸・元町の「ビーハイブ」というレストランで催された、私の処女詩集（『エリヤ抄』）出版記念会のものであった。忘れがたい二十余名の人びと。しかし、やはりこのうち半数以上が彼岸に旅立ってしまっている。そのなかに一人、消息不明の畑山耕介くんの顔も見える。

畑山くんは旧制中学の同級生だ。小柄で度の強い眼鏡をかけているが、色白で端整な顔立ちである。温厚な人柄で、何より成績は抜群、とくに理数系には強かった。眉毛は濃く、口もとはしっかり結ばれていて、意志の強さが表れている。自己主張をほとんどしたことはなかったが、教師や友人たちにずいぶんと信頼されていた。

太平洋戦争さなかのせいもあったろうが、そんな彼が、昭和七年に発生した血盟団事件について熱っぽく語って、私を驚かせたことがあった。当時の蔵相井上準之助や、三井財閥の指導者団琢磨を暗殺した右翼テロ事件だが、これを計画、実行した首領井上日召の思想にも共鳴しているようで、畑山君の匿された一面を垣間見る思いであった。当方もまた幼いナショナリストではあったけれど。

敗戦の年の春、彼は電波科学専門学校（現東海大学）に進み、戦後は大学を出て、神戸地方裁判所に勤務した。私の会に駆けつけてきてくれたが、畑山くんは詩や小説にどの程度興味をもっていたのか、よく分からない。人生とか宗教、あるいは政治や社会の出来ごとについては、何度も語りあったことはあったが。

しばらく会わずにいた畑山君と、新開地本通りでばったり出会った。何だか、げっそり痩せていた。昭和三十年代のはじめごろだったか。今はもう無いが、「萬」という落ち着いた雰囲気の喫茶店で旧交をあたためた。当時、東京の府中には、私たち二人の共通の友人である浜山伸江さんという幼稚園の先生がいた。すこし年上だったが、優しい人で、それに何より畑山君といっしょに洗礼を受けたクリスチャンである。彼のことを大事に思っている風情があったので、その人のことを話題にしてみたが、沈んでいて、のってこなかった。

下痢が、ずうっとつづいているのだという。そして、ぽつりぽつり話しはじめた。

彼は書記官としてもすこぶる優秀だった（これは後に弁護士になる彼の同僚の話である）。上司に愛されたのは彼の誠実な人柄にもよるのだろう。彼を信頼する判事のAさん宅にしばしば招かれ、家族の人たちと食事を共にする。そのうち、お嬢さんと相思相愛の仲になった。お嬢さんは色白で、ほっそりしていて、ひかえ目で優しくて、それに賢い。私は府中の浜山さんをすこし若くした、夕顔のような女性を想像した。

畑山くんの両親もお嬢さんを気に入り、やがて華燭の典を、ということになった。

それなのに、何と故障が入った。土壇場になって畑山くんのお母さんが反対したのだ。〝身分が違う。ちがい過ぎる。一緒には暮らせない〟というのである。相手の地位が高くて、畑山家が低いから、というのである。畑山くんには妹さんがいたが、男は彼一人であった。

何度か、私は畑山くんのご両親にお会いしている。お父さんは小柄で、日焼けしていて色黒。しっかりした口調で話す商人。お母さんは色白の豊頬。訪問客などをも丁寧にもてなす優しい人で、息子が愛している女性と結ばれようとするのを、かたくなに反対するなど、とても考えられなかった。

悩みに悩んだすえ、畑山くんは母の言い成りになってしまった。それだけではない。数か月後、母親が故郷から呼び寄せた女性と結婚してしまった。それだけではない。彼は、結婚した女性と同じ部屋には寝たが、同衾しなかった。

やがて、女性は実家に帰ってしまう。

畑山くんは思慮ぶかい人だった。自己を抑制して他者を思いやる人だった。それなのに、何処かで歯車が狂ってしまって、恋人をはじめ、自分をも含め多くの人を傷つけてしまった。

喫茶店で会った後、間もなく、彼は職場も家も棄ててしまった。新興の宗教団に入ったのでは……と聞いたこともあったが、今もって、行方は杳として知れない。

＊

千年以上も前に成立した『大和物語』のなかに、「蘆刈《あしかり》」という話が収録されている。その話の舞台は尼崎であると、二百年前に上梓された『摂津名所図絵』に次のように見える。〝大物《だいもつ》浜を蘆刈島といふ。むかしこの浦に日下《くさか》左衛門といふ者あり。家究《きわ》めて貧しく、遂に夫婦あかぬ別れをして、女は都に登り、夫は此の島の芦を刈りて、日毎に市に沽《う》りて、世のいとなみとなしけり。此《この》芦を刈りたるより蘆刈島といふ。また夫婦再《ふたた》び会うことを待つよりまつしまともいふ。いまはただ松島と書くなり〟

「蘆刈」は哀切きわまりない物語だが、畑山くんとA譲との別れはいっそう悲しく傷ましい。セピア色の写真のなかの畑山くんの目差《まなざし》は、いつもそうであったように、真っ直ぐだ。そして、未見の何かを予知している、とでもいったふうに、わずかに愁いを含んでいる。

（「階段」26号・二〇〇四年四月）

歌のわかれ

捜していた本がやっと出てきた。開くと、黄ばんだ紙片が、はらりと落ちた。ざっと二十年になる。そこに私が次のように書きとめてから。

〝山で切る木は沢山《たくさん》あれど思い切る木は更《さら》にない〟

〝思うて通《かよ》えば千里も一里　会わずに帰ればまた千里〟

これは但馬地方にのこっている樵歌《きこりうた》なのだそうである。

木を伐る山林の現場ではなく、湯村温泉（兵庫県美方郡新温泉町）の八田屋の仲居さんに教えてもらってメモしておいたものだ。

NHK神戸放送局の視聴者参加番組「兵庫史を歩く」に時折、講師として現地をともに訪ねているが、湯村を歩いたのは昭和六十三年（一九八八）の十一月二十七日。

だから、このメモは前日の夜のもの。八田屋で一風呂浴びて、蟹と〝荒湯豆腐〟を肴に、いっぱい聞こし召して、樵歌を口ずさみながら春来川《はるきがわ》に沿って歩いていった。酔《すい》歩蹣跚《ほまんさん》。夜風が頬にこころよい。

〝春来川の河鹿なるかも夜をこめて　なびく荒湯のゆけむりのかげ〟

長編詩『兵庫讃歌』や『歌風土記・兵庫県』などを書いた詩人・富田砕花の歌である。

その〝荒湯〟は、摂氏九十八度という熱泉。〝ごぼっごぼっごぼっ、ぶくっ、ぶくっ……〟と、湯壺から湧出し春来川に流れ出す。一分間に四七〇リットルのお湯は、旅館・民宿・地域の一般家庭全戸に配湯しても余るという。

平安初期、温泉を発見、村民に湯治場を開かせた慈覚大師円仁（天台座主、山門派の祖）を祀る御堂に詣る。辺りは、傍らにある〝荒湯〟の湯壺から立ちのぼる湯けむりに包まれている。ジーパン姿の娘さんが二人、近くの土産物屋で買った卵を荒湯につけて、温泉卵をつくっている。はじけるような笑い声。この町のおばさんが青菜をゆがいている。独得の温泉情緒が湯けむりとともに漂い流れていく。

荒湯の東、森下橋の袂には、たしか「夢千代」の像が建てられていたな……などと、ぼんやり当時の情景を思い出していた。

ほこりっぽい書斎の椅子にもたれて、樵歌を歌っていると、教えてくれた仲居さんのふっくらした白い顔が浮かんできたりした。

＊

夕方から雨である。近くの居酒屋に飯を食いに出かける。暖冬だというのに寒くなってきた。雨はいつか霙にかわっている。

ビールのあとは熱燗。おでんは豆腐と大根。カウンターの隅で一杯やっていると、客がひとり入ってきた。すこし離れた席で、この御仁《ごじん》も、おでん・燗酒で静かに飲んでいる。亭主は俎《まないた》に向かっていて、何か肴を一品つくってくれている。天候のせいか、もう誰も入ってはこない。私は酒の合間に、あのメモをポケットから取り出し、ぶつぶつ呟いている。節《ふし》がどうであったのか……。もともと音痴なので、うまく歌えるはずはないのだが……。

ふと顔をあげると、先ほどの客も顔をあげている。

「やぁっー」といったふうに目礼を交わす。そういえば何度か、この店で出会っている。しばらくして、私の歌を目にすると、

「こんな霙の降りしきる夜でしたねぇ……」

隣の席に移ってきた、喜寿だというその老人は低い声で語りはじめた。

「そこの新開地本通を南に下《さ》がりましてね、菊水という煎餅屋の筋を東に入るんですわ」

小さな「あゆ屋」という酒亭がそこにあって、時折、若いSさんはここに通っていた。霙の降る夜、残業を終え、寒さにふるえながら、一匹の鮎が意匠されている紺地の暖簾をくぐった彼は、ひとり所在なげに杯を傾けている女主人を見た。どういうわけだったか、

「どきん、としましてね」

あまりにも淋しい横顔でしたからでしょうか……。

「その時、教えてもらったんですよ」

そういいながらSさんは次のような歌を渋い声で歌ってくれた。

〝峠三里の青葉のかげで　雨を待つ間の恋ごころ〟

客は誰ひとりやってこなかった。「あゆ屋」にはいい常連の客が何人もいて、こんなに静かな夜は滅多になかった。ママ（客たちは女主人のことを「ママ」とか「あゆ

さん」など呼んでいた）は、すこし酔っていた。

「二階にあがってみない……」

そこは彼女の寝室であり、またアトリエでもあった。制作した作品《タブロー》を見てくれ、というのである。

「また、どきん、としましてね」と、Sさん。

その店の奥には、狭くて急な階段が取り付けられているのだが……。

「先に上がって見ていてね……」「……もう誰もこないわ。あたし、戸締りしてからあがるから」

靴をぬいで、段梯子に片足をのせる。その時、店の方で声がした。

「あらっ、いらっしゃい。……お待ちしていたのよ」と、ママの何時もより燥《はしゃ》いだ大きな声。客が来たのを知らせようとしているのだ。Sさんは慌《あわ》てて靴をはき、傍らのトイレの扉を「ぱたん！」と音させて、もとの席に、そ知らぬ顔で戻った、のだそうである。

杯をぐっと干したが、Sさんは黙ったままである。

「それから、どうしました」

と、これは亭主のYさん。

「彼女は迫力のある凄い絵を描いていましたなぁ。三十号ぐらいの、獅子頭だとか越前蟹だとか、主《おも》に静物でしたけれど……」「……いや、アトリエにあがったのは、彼女の先生で、有名な行動美術協会のKさんと一緒なんです」

そのころから、すでに半世紀以上の時が流れているんですねぇ……と、薄い髪の毛を掻きあげるようにしながら、彼は次のような歌をも披露してくれた。これも、あゆさん譲りのものである。

〃きみと別れて松原ゆけば　松の露やら涙やら〃

もう看板です、という店を一緒に出た。本通を、私は北へ、Sさんは南へ、袂と分かつ。霙はまた雨にかわっている。この間から俳句をはじめましてね。こんな駄句どうでしょう。これは夏の句になったかも知れませんが……と、手帖を破って、ボールペンで何やら書いて、私の手にのこして、Sさん、アーケードの下から雨のむこうへ去っていく。

〃歯にもまた心にも沁む霙かな〃

今年は暖冬だというのに、それは寒い夜であった。

（「階段」30号・二〇〇七年五月）

ひょんな成行きで、自分自身の年譜をつくらざるを得ない破目になってしまった。しかし、その間、不思議なことに、いままで眠っていた記憶が、むくむく目覚めてくる。

「父さんは旋盤《せんばん》の神さんって言われてるんやで」

二人で、朝はやく父を橋のきわまで送っていく。運河に架けられている橋の名は、たしか住吉橋といったが、寒い冬など靄がぼんやり辺りに揺曳していた。父が橋を渡って行くのを、私の左手をつよく握ったまま、母はいつまでも見送っている。その手を引っ張って、「帰ろう」という私に、「神さんなんよ」と呟くように言って、母はやっとわが家の方に引き返す。

つくった年譜の四行目には次のように記されている。

〝一九三五年（昭和十年）六歳／四月、神戸市立道場小学校入学。校舎の東隣は時宗大檀林西月山眞光寺（一遍上人入寂の地）〟

運河の南に在る工場に出勤する旋盤工の父を、母とともに、ほとんど毎朝、送りに行っていたのは、この小学校に入る前のころだった。

あわあわと靄。翳《かす》む橋。母の手のシャボンの匂い。

母の叔母に〝すえ〟という人がいた。連合いは日本郵船の船長をしていた。兵庫区の山手、祇園神社の近く、立派な邸宅に住んでいた。船長の休暇のときとか、祇園社の祭礼の折など、母は私の手を引いて、お招ばれに出かける。美味い馳走をいただいたのだろうが、これは思い出さない。同年齢のまもる君とは、仔犬がじゃれあうような取っ組み合いや、ちゃんばらごっこなどに興じたものだが。

微かに葉巻のにおいのする船長の部屋。棚の上の黒びかりする彫刻の象。壁に掛けられているアフリカ原住民たちが被った仮面。煙管《きせる》の火皿に刻《きざ》み煙草《たばこ》をつめながら、母とおしゃべりしているすえ叔母さん。

家事見習いのはなえさんが出してくれる画用紙に、まもる君と私は互いに相手の顔をエンピツで描く。

「似とらんね、まるで、へのへのもへじみたいある」

〃しのはら〃の叔父（船長）は長崎の出身。白いものが混じりはじめた口髭をひねりながら笑っている。

とっぷり日は暮れて、私たちは家路にむかう。母の左手には土産の風呂敷包み。右手はしかし私の左手をしっかり握る。しのはら邸から五分。終点の〃平野〃から市電に乗るのだが、わが家の近くの〃清盛塚前（松原二丁目）〃に達するためには、〃神戸駅前〃で乗り替えねばならない。

寒い冬であった。でも母の右手は汗ばんでいた。松原線まわりの電車はいっこうに来ない。じいっと、何処か、遠くを見ている、母の不安が、手の平から伝わってくる。北の方、くろぐろとした山並。その中腹を、火が点点と横に長くつらなって見える。それが、少しずつ左から右へ移動してゆくのだ。私は恐かった。

「としよりのキツネにはな　じんつうりき　ちゅうもんがあってえ　おやのゆうこときかん子には　口から火い　はいてな　しおきするんやで」

祖母から、いつか聞いた、これは、あの狐火にちがいなかった。

「あれは　せんぎょうなんよ」

この地方の古い町では、寒に入ると、稲荷講中で、小さな団子をつくって、山の獣たちに施行《せぎょう》するのだ。わざわざ夜中に、提灯をぶら下げて、山道を歩きながら、団子を傍らの草のかげや木の下に、そっと抛っていく。その灯なのだと、母に言い聞かされたが、私のふるえはいつまでもつづいた。

「せんぎょう　せんぎょう」

と呼ばわっている講中の人らの声も、その夜の私の幼い夢の中で、ずうっと聞こえていた。

祖母は、よく私を負《おぶ》ってくれた。狐火のはなしも彼女の背中で聞いたのだ。祖父は山歩きの好きな人で、再度山《ふたたびさん》や摩耶山《まやさん》によく連れて行ってくれた。私には優しい祖父母だったが、母には、むごいというほどではなかったが、かなり厳しい舅であり姑であった。

平野の祇園《ぎおん》さん、と私たちが称《よ》んでいた、その夏祭りが近づくと、何だか、わくわくと心がはずんでくるのであった。母と一緒に、しのはら邸へお招ばれに行く。まもる君と遊べる。祭りの華やかな雰囲気に浸れる。それに何より、寛いで、ほっと柔らいだ優しい母の笑顔にたっぷり接しておれるのであった。

「いつにする……」

祇園祭は七月の中ごろの一週間。すえ叔母は、「いつの日でもいいから早くおいで」と言ってくれるのだが当方は父の都合もあったりして、なかなか決まらない。それでも母は私に聞く。「いつにする?」。

目に見えない母の自由を束縛しているものがあるのだ。しかしその日には、ほんの短い時間であるにせよ、その羈絆《きはん》から母はそっと解き放たれるのであった。

祇園さんの急な石の階段をのぼってゆく。母の右手が、いつものように、私の左手をしっかり握っている。石段の両脇に、ずうっと並んで掲げられている回り灯籠に火が入った。

編笠を被った振袖姿の女人が、両手を泳がせながら踊っている。空也のような僧が、鉦を叩いている。菅笠の浪人が、大刀を振りかぶった。女太夫が、三味線をひきながら、鳥追歌を唄っている。

まわる　まわる　火の入った灯籠。

社殿の前の大きな茅の輪《ちわ》。正面から一度くぐって左へまわり、もとの位置に戻って、またくぐる。次は右へまわって、また戻り、もう一度くぐって身を祓い清める。これが正式のなごしのはらえ（夏越祓）の作法なのだそうである。母に教えてもらって、茅の輪をくぐり、まわり、まわる。

柏手《かしわで》を二度打って拝んで、お願いしたので、母は、キリギリスと虫籠を買ってくれた。

祇園社は小高い山の中腹に鎮座している。西側の崖下は有馬街道である。自動車が擦れ違う時には、互いに遠慮しながら徐行していた。その狭かった街道も、いつの間にか拡幅されて、自動車は高速で、びゅんびゅん、闇雲に突っ走っている。

社の石段の上から眺めていた。火の入った回り灯籠が、ずうっと並んでいる。すえ叔母さんも、しのはらの叔父さんも、酒豪だった祖父も、晩年、眼を患った祖母も、小さな会社を設立したが病に倒れた父も、あんなに優しかった母も、生涯、私が苦労ばかりかけてきた妻も、みんな逝ってしまった。灯籠の終わる辺り、石段下の有馬街道を南へ、誰が掲げているのか、いくつもの灯が、引っきりなしに、海の方へ、点・点・点と流れてゆく。

（「階段」31号・二〇〇七年十一月）

瓢水と来山

この秋の暮、敬愛している年長の知人、というより先達の垂井良一さんからお便りがあって、〝加古川の瓢水の句を口ずさんだりしています〟と次の句を記しておられた。

浜までは海女も蓑着る時雨かな

瓢水は、蕉門の其角、淡々（松木）に連なる俳人で、姓は滝氏。通称は新之丞と称した。伴蒿蹊（一七三三―一八〇六）の『近世畸人《きじん》伝』（正続）によると、〝播磨加古郡別府村の人、滝野新之丞、剃髪して自得といふ。富春斎瓢水は俳諧に称《とな》ふる所なり。

千石船七艘もてるほどの豪富なれども、遊蕩のために費しけらし。後は貧窶《ひんる》になりぬ。生得無我にして洒落《しゃらく》なれば笑話多し…〟とあって、古くは姓を滝野と称したかも知れない。

寛延二年（一七四九）ごろであったろうか、その句と奇行に興味を示して、姫路藩主酒井忠恭《ただずみ》が訪ねてくる。瓢水は裏口から逃げ出して、須磨の月を見に出かけたまま帰って来ない。藩公、黙したまま帰城されたとか。

正徳元年（一七一一）、二十八歳で家督を継ぐ。豪富の廻船問屋叶《かのう》屋の家産が傾きかけていくのは何時のころか、よくは分からないが、家業を人まかせにして俳諧に没頭していく、その過程で生じていったのであろう。因みに、彼は大坂の小西来山（一六五四—一七一六）系の前《まえ》句《く》付《づけ》作者として始め、淡々門に入るのは享保元年（一七一六）ごろ。日に映える白壁の土蔵が一つ、また一つ消えていく。

蔵売つて日当りのよき牡丹かな

俗世間的な価値を棄てることによって、本来の自分が生かされる。土蔵がなくなって、暖かい日差しに包まれ、牡丹は満面に笑みをうかべている。牡丹はまた瓢水自身であり、貧しくあっても富春斎と号する由縁なのであった。

家業の衰退に併行して彼は雑俳の点者として活躍しはじめる。享保十年（一七二五）に高砂社に奉納した五百句を初め、播州諸社奉納の雑俳を点した興行は数多い。編著に『ひびきの灘』、発句集に『柱ごよみ』その他多くの作品・俳画などを残している。人口に膾炙していながら、瓢水の作とは案外に知られていない句がある。

手に取るなやはり野に置け蓮華草

これは大坂在住の友人に、惚れた遊女を落籍《ひか》して妻にしたいのだが、と相談されて与えた句。蕩児の体験が、そこはかとなく漂う。次の句、〃母の喪に墓にまうでて〃と前書きがある。

さればとて石にふとんも着せられず

不孝の子の哀感と醒めた目が微妙に絡みあっていて、母を急逝させてしまった私などには辛い一句である。

瓢水は、来山系の前句付作者として俳諧を始めたと前に記したが、冒頭に掲げた、海女が蓑を着て浜へ降りいく、あの作品に相い応じるような句を先人の来山が物している。

宿のない乞食も走るむら時雨

長い（あるいは短い）人生、いろいろな局面において私たちは一喜一憂する。人間《じんかん》、感じる者にとっては哀しく、考える者にとっては面白い、とか。この句の底には、人であることの悲しみとおかしさが、渾然一体となって流れている。

小西来山は承応三年（一六五四）、大坂は船場、淡路町二丁目に、薬種商小西六左衛門の長男として生まれている。瓢水は貞享元年（一六八四）の生まれだから、三十歳年長。名は伊右衛門、俳号は来山ほか十萬堂、湛々翁など。これも蒿蹊の『近世畸人伝』によると、

〃為《リ》レ人《ト》曠達《こうたつ》不拘《ふく》、ひとへに酒を好む。ある夜、酔てあやしきさまにて道を行けるを、邏卒《めつけ》みとがめて捉へ獄にこめけれども、自《ラ》名所《などころ》をいはず。二三日を経て帰らざれば、門人等ここかしこたづねもとめて、官に訴しにより、故なく出されたり。さて人々、いかに苦しがりけん、ととぶらへば、いな自炊の煩いなくてのどかなりし、といへり……〃などと見える。

宝永五年（一七〇八）十二月、大坂に大火あり、来山の居宅も類焼し、彼は行き方知れずになってしまう。門人たちは諸方を尋ね探すのだが、先生の居所は杳《よう》として分からない。当時、今宮・広田の森に非人小屋があって、知らせる人があり、門人たちが駆けつけると、来山先生は〃蓬髪襤衣《ほうはつらんい》臭気粉々タル非人ト相伍シテ俳句ノ点ヲ為シ居タ〃（『浪華人物誌』）と伝えている。〃むら時雨〃の句は、この時の作とか。

来山は七歳で談林派の前川由平《よしひら》の門に入り、のち由平にすすめられて談林派の祖・西山宗因の直弟子になる。十八歳にして雑俳の点者となり、のち井原西鶴を継いで大坂談林の中心となって活躍した。〃大坂も大坂　まん中に住みて〃という前書きのある次の吟、

お奉行の名さへおぼえずとし暮れぬ

が、大坂の町民たちに広くもて囃され、ついに当局の怒りをかって三郷払い（大坂追放）になる。今宮に隠棲したのは、そのせいだ、と言われているが、これは、「後人の附会」という説もあって確かではない。

ついのすみか、今宮の十萬堂の扁額は、参禅の師・黄檗の悦山和尚が贈ってくれたもの。享保元年の秋、瓢水が淡々門に入ったころ、来山は十萬堂で長逝する。享年六十三歳。辞世は〝来山はうまれた咎《とが》で死ぬる也《なり》それでうらみも何もかもなし〟とあり、伴蒿蹊は、世俗的な価値観をつきぬけた彼の言行を評して〝老荘者にして、俳諧に息《いき》する人にはあらざりけらし〟と録している。この言葉はまた滝瓢水の言行を評するにも適合する。

曠達不拘、度量が広くて物事に拘泥しない人。在家の禅者で、多くの後進を育てておられる垂井さん。また、生まれながらのクリスチャンであり、自分の事では動かず、他者のためには身を粉にして働く各務豊和さんなど。ささくれだった今の世界にも

〝生得無我〟のこんな人たちがいて、世の中、満更捨てたものではない。各務さんとは時折、酒酌みながら論争して、強弁の末、言い負かしたつもりでいるが、後になって小事にこだわっていた自分が恥ずかしくなったりする。古今の二人の畸人、二人の不拘の人には、これからもおおいに学ばねば、と思っている昨日今日である。

（「階段」33号・二〇〇九年一月）

倩女異聞——蕭白と応挙と

奇矯の絵師・蛇足軒曽我蕭白（一七三〇—八一）は、「ふうっー」と、ながい長い溜息をついた。「怪醜を以って一派を為す」と、評されてきた異端の画人にも、やっと春がめぐって来たのである。

安永四年、四十六歳にして初めて『平安人物志—画家の部—』に掲載されたのだ。彼はゆっくり伸びをした。画人としての基盤はここに確立したわけだが、それにしても、と、蕭白は眉を顰めた。

絵師の最高位は四十三歳の僊斎円山応挙（一七三三—九五）で、二位は伊藤若冲、あとは池大雅、与謝蕪村とつづく。選ばれた二十人のうち十四番目は二十九歳の応挙門下、源琦である。

「青二才めが……」

十五位にとどまる蕭白は、磨らせてあった墨を擂鉢に入れ、紺青群青金泥などの絵具を投入、棕梠箒で掻き混ぜた。そして、先刻、依頼主から届けられてきた金屏風一双を、板の間に並べ拡げて、ふたたび棕梠箒を持った。

一閃。巨大な弧が、そこに描かれていたが、乾き始めると、それは巨大な龍と化し、乾ききると、龍は、七色に煌めく虹に変じていた。

＊

『明大祖皇帝十四世玄孫蛇足軒曽我左近次郎暉雄入道蕭白画』

何ともはや、妄執と虚飾に満ちた狂気の匂う大層な款記を、この自尊心の固まりのような絵師は好んで用いたのであった。

「絵を求めたい者は俺の所へ……。図面の欲しい奴は応挙のもとへ行くがいい！」

端正な写実主義の様式を確立し、新しい潮流を領導しつつあった応挙に対する、これは外道の画人・蕭白の煮え滾りつづけてきた思いの吐露ではあった。

＊

応挙は美人画を描く。優雅にして温和な風情の西王母や楊貴妃など。豊頬にして切れ長の目、そして柔らかな肢体。髪飾りや着物の文様は古代中国風であり、背景にもまた彼の国の風物が点在する。しかし、ここに存在するのは、彼が徹底的に写生して求めた、最も美しい動作と容姿を持った日本女性の典型なのであった。

蕭白もまた美人画を描く。しかし、これはまた、何と凄絶をきわめた美人図なのか。手紙を引き裂いて口にくわえ、女はひとり草原に素足で突っ立ったままである。その虚ろな目の視点は定まらず、歪んだ唇は異様に紅い。娍って膨らみのある腹、ずり上がっている帯。鮮やかな水墨風の山水を染め抜いた青地の着物。しどけなく乱れた裾に赤い蹴出し。

恋に破れた美女狂乱の激情的な瞬間を、執拗にして冷徹な筆致で、「狂人」とまで評された蕭白道人が描ききった渾身の作品であった。

＊

越後屋の三井家から使者があって、当主の高美が、幽霊画を所望している、という。衣裳模様の下絵を呉服店越後屋のために描くなど、ここは応挙にとって大切な得意先の一つなのである。応諾はしたものの、僊斎源応挙先生は困惑しきっていた。写生画家は見たものしか描けないのだ。

僊斎先生は、かつて門人の奥文鳴に訓え諭した言葉がある。

「……気韻生動ノ如キハ、写生純熟ノ後自然ニ意会スヘシ。拙手ノ得テ窺フヘキモノニアラス。初学ノ者、寧ロ運筆ハ遅鈍ナルトモ、構思ハ当ニ心ヲ尽サンコトヲ要スヘシ。……」

使者は再度、催促にやって来た。応挙は先年、素描のままにしていた三井高美の肖像に筆を加え『夕涼みの図』として高美に贈り、しばらくは時を稼いだ。

苦悩の日と月はめぐり廻る。来り去る。写生純熟の絵師は、その夜も眠らず、机の前に趺坐していた。

柱に掛けている行灯のなかの油皿の火が「じいっじいっ」と音をたてたかと思った

ら、ふうっと消えた。

塗壁を背にして、ぼおうっと淡く、若い女があらわれた。白無垢の小袖の胸元のあたりを華奢な右手の指が抑えている。青ざめた頬や額に、そして肩に、乱れた髪の毛が薄くかかっていた。少し俯きかげんで、思いつめた表情で、じいっと、応挙の方を凝視めている。「あっ！」と声あげ、駆け寄ると、うら若い美しい女の幽霊は消え去り、部屋は闇に支配されていた。

行灯に火をいれ、絵師は手早く、いま見た幽霊を描いていったのだが、闇のむこうに去ってしまった女の挙措は、何故か、懐かしい気配を何時までも部屋のなかに残していた。

＊

明け方、中庭の井戸端で、下男や下女が騒いでいる。絵師の妻女お倩《せん》が白小袖の下着姿で倒れていた。幽霊の姿を求めて苦しむ夫の様子を見るに見かねて、寒夜、お倩は水垢離を取って祈っていたのである。冷水は心の臓を直撃、彼女は此岸を後にするのだが、冥土への道すがら、絵師の願いに応じて幽霊となり、彼の前にその姿をあらわしたのであった。

誰言うとなく噂が巷間に拡まっていった。三井が応挙に幽霊を描かそうとしたのは、あの蕭白道人の使嗾《しそう》するところによるのだ、というのである。

「邪道に陥った者」と蛇足軒について『画道金剛杵《こんごうしょ》』が批判しているのは、このあられもない風説に拠る。

＊

幽明界を異にした、と誰もが諦めていた倩女は、手厚い応挙の看護によって顕界に再び甦った。冷えきっていた愛妻の躶を、絵師は素裸になって抱きしめていたが、一夜を過ごした翌未明、凍り付いていた彼女の心の臓が、また、ゆっくりと脈搏ちはじめたのである。

（「階段」35号・二〇一〇年三月）

III

「大阪手帖」そのほかより

かわたれの時

その頃、ぼくは父母といっしょに住んでいた。運河と貨物駅が近くにある小さなくすんだ町で、父は朝早く橋を南へわたって工場に出かけてゆく。若い母はまだ夢のなかにいるぼくをそっと揺すぶっておこし、手をつないで二人で橋のちょうど真中あたりまで父を送ってゆく。川には靄がたちこめていて、ほっそりとした父の姿はすぐに朧ろになり消えてしまう。誰もいないのに母はしばらくじいっと立ちつくしたまま靄のむこうの父の去っていった方を凝視めている。所在なく、ぼくは欄杆にもたれて、岸に舫ってある荷足船や川面を埋めつくすように拡がっている筏の群をなんとなく眺めている。すこしずつ靄があがってゆく。そんな靄の切れ間からちいさな通船がやってくる。棹で筏を押しのけて何とか水路をつくり、間どおくエンジンの音を響かせてゆっくり橋の下を通り過ぎてゆく。いつの間にやってきたのか黒いゴム引きの作業衣を着た筏師たちが、大きな丸太から丸太へひょいひょいと身がるにとび移りながら、長い鳶口で自由自在に材木たちを操っている。鋭く、そして短く汽笛を鳴らして、貨物駅につながれていた機関車が動きはじめる。ぼくは立ちつくしている母の手をつよく引く。ぼくたちは引込線の踏切を斜めにわたって、レールの脇の黒い木柵が歯ぬけになっている空間をすりぬけて、貨物集積所のだだっぴろい原っぱの一部をつっきり、ゆるんだ有刺鉄線をくぐって風呂屋の裏小路に出る。これが家へかえる一番の近道で、そうして一日がはじまる。

ぼくの家は駄菓子屋と米屋の小路を西にはいった南側のとっかかりで、西隣りの家は表通りにある大きな運送店の現場従業員たちの寄場になっていた。東隣りの米屋の南は牛乳屋でその南隣りは材木屋で、材木屋は事務所と居宅と倉庫をいっしょにしていて広い一劃を占めていた。この表通りの南北にのびた筋の両側には他に煙草屋、酒屋、建材屋、二軒の運送店、指物屋、大衆食堂、風呂屋、もう一軒の米屋などが軒をつらねていたが、南の外れになるほど材木食庫がふえていって、そのはてが野っ原でそこには製材されたあとの屑の材木が山のように積みあげられていた。その南側の木製の黒い大門は貨物駅構内に出入りするトラックや馬車（ぼくたちはバリキと呼んでいた）たちのためのものだったが昼間は開け放されていたので、ぼくたちはここから自由に貨物集積所の原っぱにはいりこんでいた。そして、ここで野球をしたり、追っかけっこをしたり、倉庫のなかでかくれんぼをしたり、貨物駅の裏側から運河に出て筏乗りをしたり、荷足船のなかでほこりっぽい昼寝を貪ったりした。

運河の堤から、貨物集積所の原っぱにかけて雑草がいちめんに生い茂っていて、これはまた棒切れをもって走りまわるぼくたちに戦争ごっこのまたとない舞台を提供してくれていた。雑草のなかにはぼくたちが相撲取草とよんでいたメヒシバがあちこちに群生していて、女の子たちはこの草をたがいに結んで絡ませ、堤のうえでさかんに勝負を競っていた。初夏から盛夏にかけてそして秋の中頃まで幾種類もの蜻蛉が群をなして、この運河と貨物駅と原っぱの上を飛び交っていた。木綿糸の両端にチリ紙でつつんだ小石をつけた雑な〈トンボツリ〉を空たかく投げあげるだけで、蜻蛉は数かぎりなくぼくの捕虜になった。ギンヤンマ、イトトンボ、カワトンボ、ムギワラトンボなどなど。秋になるとこの堤と原にコスモスがいちめんに花をつける。淡い紫や紅や白の花が風にゆれていて、アキアカネがその間をついついと翔んでゆく。

「缶蹴り」というのは、空缶を所定の位置から誰か一人が前方へ蹴とばして、鬼が所定の位置に空缶をもどしてくるまでに全員がかくれ、かくれた者のうちの一人が鬼の油断を見すまして缶を蹴とばすと、それまでに見つけられていた者も再度かくれられることになるので鬼にとっては割りのわるい遊びである。そんな「缶蹴り」遊びの日曜日、鬼には見つかりにくい材木倉庫の奥ふかくにかくれていて、いくらたっても鬼はやってこず、知らぬ間に木の香に埋れて眠ってしまったことがある。そして、ふと目ざめると倉庫のなかはまっくらで、手さぐりでやっと倉庫から出てみると、町にはすでにぼんやり街灯がともっていて、空には蝙蝠が群をなして飛んでいた。ひと子ひとり通りにはいなくって、蝙蝠が空いちめんを覆っているのだった。蝙蝠が人間や獣の血を吸うという話しを少年雑誌か何かで読んでいたので、ぼくは町の人がぜんぶ全滅してしまったのだと思って呆然とたちすくんでしまっていた。

母が遠くからぼくを呼んでいた。母があわい街灯の照明の下にあらわれて、ぼくの肩をそっとつつくまでぼくはじいっと立っていた。母とぼくはそれから父を迎えに橋の真中のあたりまで出かけていった。ながい間、橋のうえでぼくたちは父のかえりを待っていたが彼はとうとう帰ってこなかった。

酒屋の息子の信二が空気銃を手に入れた。信二とぼくと青果物仲買人の息子の祥之介とは一丁の銃をひっさげて製粉所にあつまってくる鳩を撃ちに出かけたり、小学校の裏の寺の疎林にやってくる鶫などを狙いに遠征した。雀は運河の堤のかげで何度も火焙りの刑に処して食ったが美味いとは思えなかった。そして筏乗りは学校で禁じられていた行為であったからこそ、それはいっそうぼくたちにとってなくてはならぬ遊びだった。祥之介の家には若い筏師が同居していて、いつの頃からか祥之介は彼に〈丸太まわし〉の芸を習っていた。ぼくも信二も祥之介のことをショウスケと呼んで少し軽く見ていたが、〈丸太まわし〉では脱帽せざるを得なかった。信二もぼくもショウスケに何度となく運河の汚れた水を飲まされつづけていた。

中国との戦争が終ることなくつづいていて、父の工場もまた軍需景気にうるおっていた。何日もぼくは父の顔を見なかった。朝が早すぎるので母はぼくをもう起そうとしなかった。夜が遅すぎるので、母はぼくの手をひいて橋のうえへ父を迎えにいこうとはしなかった。そして日曜日になると、ぼくをつれてキリスト教の教会へお祈りをしに出かけるのだった。教会は橋をわたった南の繁華街の外れにあって、ポプラの樹が敷地をぐるりと取りまいて護衛していた。そのなかはほんとうに静かで平和がみちているように思えるのだった。会衆が唱える祈りの言葉や讃美歌のトーンにはやすらぎと誠実が凝集しているかに感じられた。だが最後の言葉の〈アーメン〉が全会衆によって称えられると、ぼくは身を固くして、そのヘブライの「まことに」とか「かくあれかし」とかいう言葉をはねつけていた。母をとても好きだったのだが、日曜日の集会では母はぼくのずうっと遠くにいた。

大衆食堂の「つるや」の息子のヨシボンは何時も小銭をポケットにちゃらつかせていてぼくたちにご馳走をくわせてくれた。彼はもう私立の中学生だったが、小学五年のぼくや信二やショウスケを従えて商店街のはずれにある屋台店の暖簾を一人前の顔をしてくぐるのだった。三銭でくわす牡蠣のどて焼とか一皿五銭の鰻の肝だとか、母が知ったら仰天するような珍味をぼくはこっそり味わっていた。ヨシボンの小遣銭のでどころはどうやら「つるや」の売上げの一部だったようで、なんだかくすねるところをおさえられたかして奢りは一時ぴったり止ってしまった。それが少しばかりたつとまた復活しはじめた。一串二銭の串カツやら、一枚二銭のギュウテン（お好み焼き）を喰いながらヨシボンはぼくたちにもその資金ぐりについて協力を求めてきた。何のことはない、屑鉄ひろいをやれというのだ。強制されてやったのだが、また半面なんとなく汚れたスリルを感じていた。

町の南のはずれの野っ原にある屑材木の山の下にぼくたちはちいさな空間をつくって古畳を六枚半はこび込み、雨の日などの遊び場所にしていたが、屑鉄を売った資金でバナナをしこたま買いこみ、このソークツ（とぼくらはよんでいた）でバナナパーティを開いた。いつもの三人以外に、米屋の優ちゃんと建材屋の和ちゃんを招待した。この二人は六年生の女の子でヨシボンにいわすと〝ちょっといかす〟のだそうである。九月の新学期がはじまってしばらくたった雨のしょぼしょぼ降る日曜日の午後だった。ぼくたちはバナナにぱくつきながらヨシボンの持って来たトランプで七ならべや神経衰弱やババヌキをして遊んだ。女の子たちが時間を気にしだしたのでぼくたちはソークツから這いだした。ソークツの出入口はやっと子供ひとりが匍匐して進退できるくらいの細い木屑のトンネルになっている。どういうわけかぼくと優ちゃんが最後まで残っていて、ぼくが先にトンネルにもぐりこもうとすると優ちゃんがぼくの背中から抱きついてきて〝先にゆかせて〟という。ソークツにひとり取り残されてしまいそうな不安な気持がそういわせたのであろう。ぼくはうなずいて彼女とかわってやった。優ちゃんは〝いちど家に遊びに来て〟と、ぼくの顔を見ずにそういって尻をおったててトンネルのなかにもぐっていった。
背中にふれた女の子のふくよかな胸のあたたかみはながい間きえずにのこっていて
その後の少年のぼくのすこしばかりの不眠の原因になった。それよりも重大なことは
和ちゃんが次の日の明けがた、ものすごい下痢と嘔吐に襲われて発熱し、大腸カタル
だか胃カタルだかをひきおこしたことだ。前の日、ソークツのトンネルから全員が這
いだした頃にはもう雨はあがっていた。しかし黄昏がせまっていて町にはうす靄がか
かっていた。そして空には蝙蝠がいちめんに飛び交っていた。あれは不吉な前兆だっ
た。そして不吉な蝙蝠の群の下を東京から転校して来て、ぼくの家の筋向いに移って
きた沢英夫が歩いていた。そしてぼくたちの方を一瞥しただけで通り過ぎていった。
ソークツの存在も鉄屑ひろいのアルバイトもみんなばれてしまった。木屑の山の下
の空間は簡単につぶされてしまった。ヨシボンは埼玉の叔父さんの家に預けられて転
校してしまった。信二もショウスケも家でだいぶ絞られたようだった。ぼくの母はひ
とこともぼくを責めなかった。しかしそれは言葉で鞭うたれるよりもぼくにはこたえ
た。優ちゃんの招待の言葉は常にぼくの頭の隅にひっかかっていたが、ぼくはついに
訪問しなかった。恢復した和ちゃんと町角であった信二のはなしでは、バナナパー

ティのことを和ちゃんはずうっとかくしていたのだそうだが、どうやら沢英夫が町の南のはずれでぼくたちにであったことを両親に告げたので、その辺からだんだん事が露見していったもののようだ、というのである。ぼくたちの不遇のよってきたるところはすべて沢っ子の奴にある、と自分たちの不明は棚にあげて、ぼくと信二とショウスケは沢英夫にそっと狙いをつけていた。

貨物駅の引込線の線路沿いにコスモスがいちめんに花をつけていた。運河の堤にも深い紫や紅や白の花々が風にゆれていて、アキアカネがその間をついついと翔んでいた。ときどき陽がかげって冷い雨が筏のうえに降った。

ながい間、沢っ子の関東弁は鼻についてことあるごとにその訛りを茶化していたがいつかそれも気にならなくなっていた。「缶蹴り」や野球や戦争ごっこの一員に彼はもうなくてはならぬ存在になっていた。ぼくたちは停っている貨車にもぐりこんでナンバキビと岩塩を少しばかり失敬した。薄い鉄板を調達して、火を焚き、ナンバキビと岩塩を炒りつけて喰った。雀を何羽も空気銃で仕止めて、これも鉄板のうえで塩焼きにした。和ちゃんや優ちゃん、それに運送店の寄場管理人の娘のてるみちゃんなどが堤のメヒシバを摘んでは相撲取草にして勝負を争っている。どんななりゆきでそうなったのかぼくにはわからない。信二と沢っ子が空缶を堤のうえに並べて射的をはじめた。最初の五発ずつの勝負でも、次の勝負でも沢っ子が五発とも缶に命中させたのに、信二のは最初は三発、次には二発しか命中しなかった。それに空気銃は信二の宝ものなのだ。信二は何となくおもしろくなかった。だからというわけではなかったろうが、しばらくして信二はタブーの〈丸太まわし〉で遊ぼうといいだした。ぼくも名手のショウスケも乗り気ではなかった。学校からは禁止令が出ていたし、それに運河の水はもう冷くなってきていた。しかし信二は熱っぽく、殊に沢っ子をあおりたてた。メヒシバの勝負で組みあわせを決めることにした。そしてショウスケと沢っ子が丸太に乗った。乗ったと思ったらもうその瞬間に沢っ子は水の中に落ちていた。ショウスケが技をつかったのではなかった。沢っ子はぜんぜん経験がなかったので丸太に乗ると同時にバランスを崩してしまい自分で運河に落ちたのだった。ぼくたちはあわてて彼を引きあげようとした。ところが、運わるく彼の身体はちょうど筏の下になっていて、信二が水のなかにもぐって引ぱりだすまで少しばかり時間がかかってしまった。そして堤の上で、彼のおなかを強く押すと口から水が噴水のようにふきあげ、あたりに溢れた。その辺の木屑をあつめて火を焚いた。沢っ子も信二もぶるぶる慄えながら火に手をかざしていた。わるいことに陽がかげって冷い雨が降りはじめた。

沢も信二も風邪で学校を休んだ。信二はそれでも二、三日すると学校にあらわれた。しかし沢は肺炎をおこしたとかで、ながい間、顔を見せなかった。ぼくは家に閉じこもって本ばかり読んでいた。ある日、優ちゃんがおやじさんといっしょに訪ねてきて葉鶏頭の鉢を二つ置いてかえった。今もってその意味がぼくにはよくわからない。母にたのんでそのうちの一鉢を、筋向いの沢っ子の家に持っていってもらった。蹠が何だかさむい季節で、今でも秋であれ春であれ蹠がさむいと感じる頃には何故だかわからないが胸をしめつけられるようなかなしみがその濃淡の差はあるにしろ滲みでてきてかなわない。

父は相かわらず朝早くに出かけ夜遅く帰ってくる。時には何日も顔をあわさない。母に聞くと出張なのだという。父がいない日の朝早く、ときおりぼくは母にゆさぶられることなく起きていて、母にせがんで貨物駅の引込線の踏切をわたり橋の真中まで散歩にでかける。靄のむこうの南の方をやはり母はじいっと眺めたまましばらく佇立している。ぼくは欄杆にもたれて筏師のうごきや通船のにぶいエンジンの響きに耳を傾けている。そして機関車の鋭く、短い汽笛が聞えるまで、じいっと、そうしている。

夕闇がせまってくる頃になるとまたぼくは家をそっとぬけだす。すると無数の蝙蝠たちがこのくすんだ町の空をよけいに暗くしているのだが、ぼくにとって蝙蝠はもう不吉の使者などではなく、ぼくのなかのちいさな空洞のなかではばたくものいわぬ悲しみの友人のような存在になっていた。そして、ぼくは橋上の淡い照明の下でじいっと待っていた。すると運河のずうっとむこうから海が匂ってくるのだった。かすかな海の匂いを伴った黄昏のしめった空気をふかくふかく吸いこんでは吐きだしているとぼくが母にかわって父を待っているのではないことがよくわかる。ぼくはぼくだけのためにここに立っているのだ、ということがだんだんにわかってくる。中学の一年になって万葉集にでてくる防人の「あかときのかわたれどきに島蔭を榜ぎにし船のたづき知らずも」という歌を教わったが、この歌がつくられた時の本来の意味でではなくこの歌はぼくの奥ふかいところにかかわる何かなのだと、年がたつほどに強く感じられてきてしょうがない。

（「大阪手帖」２０８号・一九七五年五月）

記憶のなかの落日

営林署の出張所にもうそろそろ出合わねばならぬはずだった。わたしの計算では夜もそろそろその帳を引きあげてくれねばならぬ頃だった。石ころだらけの荒れた林道をヘッドランプと川のせせらぎをたよりにもう一時間あまりも遡ってきたのだが闇は去らず雨だけが小止みなく降りつづけていた。島々谷の北沢と南沢の流れが出合う二股・取入口の近くにある営林署の建物の軒下で雨を避けながら一服パイプに火をつけたのはそれからまだ半時間ばかり後のことだった。まっくらな闇。銀いろの矢のような雨。はかなく漂うしろいわが煙草のけむり。ぬうっと、青いポンチョの男があらわれて、彼とわたしは短い挨拶をかわした。頬から顎にかけてみごとな髯を彼は持っていた。わたしの傍らの軒下の空間とわたし自身を一瞥しただけで彼は通りすぎていった。ぐわっし、ぐわっし、と力づよい足音をのこして。

蝶ケ岳か大滝山のあたりに一つ目の巨人が棲んでいて、こいつが口いっぱいに雨をふくんで霧吹きをして楽しんでいるのかも知れない。南沢の谷の樹々は乳白色のスクリーンのむこうで骨をすりあわせ影絵のように慄えている。絶えまないせせらぎのおしゃべりを孤り聴きながら遡行してゆく。水が間断なく誕れ、そして死んでゆく。いくつもいくつも蛇苺を捥いでは流れに浸けてひとつずつ口にいれる。酸味が身体をいくらかひきしめる。誰にともなく「酸っぱいなあ！」と声に出してみる。もちろん返事がかえってくるわけはない。渇きというやつはほとんど生涯いやすことのできぬしろものだなあ。そしてそれは舌や咽喉や胃の腑などで感じとり得るものではさらにない。などと考えたりしている。黒い岩塊にまっさおで豊かな水の流れが激突している。白い鬣をもった奔馬が谷の空にむかってたかく嘶いている。

この季節には岩魚止小屋は無人になっているはずなのに小屋からは煙が出ていた。軒先で黄いろいポンチョを脱いでうちらにはいった。うすぐらい土間の片隅の方形の炉にむかって男がしきりに火を燃やそうと努めていた。松の根は燻りつづけてなかなか燃えようとはしない。焚付用の新聞紙や折箱の蓋などに火をつけて燃すのだがそれ自体が燃え尽きると後はまた煙だけになる。手ごろな薪の松を一本、炉の前において腰かけ、わたしも一緒になって松の皮を剥いだのや古雑誌を裂き破ったのなどに火をつけて燃やした。やがて木端がはじけ、革がにおい、炎が男の顔を赤く映しだした。男は髯・鬚・髭のなかの紅い唇をすこし緩めた。眼が何ともいえず優しく微笑していた。わたしも少量のほほえみを彼にかえした。谷の霧雨のなかから一匹の黒い蝶がこの小屋のうちらへ迷いこんできて火のうえで踊っている。「不思議だなあ、こんなに寒い時期に蝶が生きているなんて……」と思ったが、わたしは無言のままウィスキーの小瓶を男にかえした。男は口のなかで何か山の歌のメロディーを呟いていた。そのハミングの旋律には聞き覚えがあった。しかし定かではなかった。彼の優しい眼と紅い唇にも見覚えがあった。しかしその温和な眼と唇がかもす雰囲気の記憶は山の歌よりももっと遠いところにあった。わたしは少し酔っていた。歌にではなく、お酒にでもなく、燃えあがり踊りつづける炎に。

雨は霙になり、いつしか雪にかわった。一つ目の巨人が今度は口いっぱい風をふくんで力いっぱい吹きはじめたのですさぶ吹雪は影絵のような樹々たちの肌の片側だけを白く粧いはじめた。しかし徳本の急坂にさしかかる頃にはさすがの巨人も疲れはててしまったのか雪も風もぴったり止んでしまっていた。ダケカンバとクマザサの下生えの登りの道がつきる辺り、おおきくたわんだ峠が現われる。明神岳の岩峰が見えそして穂高の連峰が眼前にそそり立つ。そしてそのむこうに陽が落ちる。まっかな、黄金いろの、いや茜いろの陽が落ちる。山も、雲も、まっかだ。血のいろをしている。徳本峠の最頂部の標識の右と左にわたしたちは声もなく立っていた。わたしのうちらには祈りたい気持がうごいていた。何者にむかってなのかわかっているわけがない。強いてゆうならば自然とか世界とか宇宙とかをそのものたらしめている何か、そしてそれらの上に遍在している何か、に対してなのだろう。でも、わたしは祈らない。ただ頭のなかをからっぽにして、じいっと立っているだけだ。すこしずつ、すこしずつ山が暗くなってゆく。わたしは、ふと髭の男の方を見た。偶然、彼もわたしの方を見た。彼の口もとがすこし緩んだ。そうだ、わたしたちは夕焼けの中に立っていたのだ。ずうっと以前。三十年も昔。

あの太平洋戦争の末期、わたしたちは有名なある化学会社の神戸工場に動員されていた。連日の空襲で市街地の大半は灰燼に帰していた。赤い煉瓦づくりの広大な工場もほとんど爆破されつくしていて敷地は煉瓦の堆積で足のふみ場がなかった。わたしたちは煉瓦をもう一度使えるように、くっついているセメントを削りおとしたり、半欠けの煉瓦を取り除いたりする、俗にいう〈ケレン・ケレン〉という作業に従事していた。再生した煉瓦は一枚ずつ各自が夫々きめられた場所に積んでゆくのだ。戦争は未だつづいていた。しかし大部分が瓦礫となっていたこの港街には、しばらく飛行機の影は見られず日日は颱風のなかの眼のように静かだった。

その日は日曜日だった。しかし新しく地下壕をつくるのにわたしたちが再生する煉瓦が大量に必要で、それも緊急を要する、というわけで、わたしたちは狩り出され、その日も〈ケレン・ケレン〉をやっていた。三月もなかばすぎの、たしか下旬にはいった卒業まぎわの日曜日だった。暖い日だまりの崩れた煉瓦の山の傍らにはどくだみが青い芽をだしていた。昼食の休みの頃から風が吹きはじめた。海がちかいので潮の匂いがした。誰彼となく癈材を集めてきては火を焚いた。白い煙がもくもくと青い空の方へでていった。風上敷地の北側に仮設されている現場事務所の方へ煙はもくもくと流れていった。事務所から級長の富士紅が両手にいっぱい〈やつわり〉と称する草履とも下駄ともつかぬ粗末な履物を捧げ持って「配給やでえ、いらんかあ」と出て来た。「こんなもん、はけるかい！」剣道部でならしていた井田俊二が富士の手を払いのけた。〈やつわり〉が一足、対のまま焚火の上に落ちた。一瞬のことで誰もがぼんやりとなりゆきを見ていた。何秒かがたった。低い声で瀬見文雄が井田に命令するように「はよ拾わんかい。焼けてしまうで」といった。火のなかからあわてて井田は〈やつわり〉を拾いあげて富士の両手のなかへ返した。瀬見もまた剣道部でならしていた。他校との対外試合には瀬見が副将、井田が中堅になって出た。嶋中一郎がキャプテンで、斉藤吉次が次鋒で、わたしがたいてい先鋒を命じられていた。瀬見は背が高かったのと尊敬する人物は、と教師に聞かれて「ナポレオン」とこたえたのでいつか〈ノッポレオン〉と級友から渾名をつけられていた。略して〈ノポ〉などとも呼ばれていた。井田の渾名は〈ルン〉だ。少し猫背なのと風呂ぎらいが〈ルンペン〉と呼ばれる原因になったのだろう。ノポとルンは極端なほど仲がわるかった。剣道の伎倆が伯仲しているだけでなく、学科の成績もまた級で一、二を争っていた。校内における剣道大会はノポとルンの試合だけは見のがすな、と生徒たちがいいあうほど激しいものがあった。仇敵のノポに命令されてあわてて火の中から〈やつわり〉を拾いあげて級長に返しはしたもののルンは沸沸と身内からわきあがってくる屈辱の怒りにまっさおになって慄えていた。「なめやがって、なめやがって、かたつけたる」「こっちこい、顔かせ」ルンの声はしゃがれ、ひきつっていた。「よし」といっただけでノポはルンについて歩きだした。一分前後の短い時間のあいだにおきたことだった。だから、みんな何がおこったのかよく分らなかった。二人が歩きだしてぽかんと見ていてとめようとするものはひとりもいなかった。二人の姿が崩れのこった煉瓦塀のむこうに消えてしまってから嶋中が走りだした。わたしもあわててその後を追った。煉瓦塀のむこう側にはH型の鋼材が何百本も積み上げられていた。そのむこうはグランドで昔は社内の野球などの練習に使用されていたのだろう。破れた金網のかげで二人はむかいあって立っていた。何気なく見れば二人はただぽつねんと突ったって対いあっているだけなのだが、どうしてルンの手には工場がまだ健在だったころに鑢《やすり》を細工してつくった短刀が握られているし、ノポの手には再生された煉瓦が一枚、しっかりと摑まれていた。

「まて、まて。ドスもガレンも俺にあずけてくれ、ともだちやないか！」嶋中は「どないやねん、ノポ」と瀬見にむかって声をかけると「ルンがドスあずけるんやったら、わしもガレンはほるで」という。嶋中はゆっくり二人のなかに割ってはいってルンの方に手を出した。ルンの井田はおとなしく嶋中に短刀をわたした。ノポの瀬見はわたしの足もとへガレン（わたしたちは煉瓦のことをそう呼んでいた。）を投げてよこした。嶋中は大声で二人に宣言した。「素手で二分間だけや。ええか、伊勢田おまえ時間はかりや」ノポとルンの二分間の決闘は彼らの剣道の試合ほど恰好よくはなく阿吽《あうん》の呼吸もあったものでなかった。間合もない。ゆっくり歩みよったかと思うと二人は猛烈ないきおいで突っ立ったまま殴りあいをはじめた。足はどちらも動かさずに大地に貼りついたまま二分間、たがいの顔面を殴りあっているのだ。壮絶という言葉はこんな時に使うのかも知れない。秒針が二回転するのが、どんなに長かったか。わたしは嶋中の肩をどんと叩いた。彼は二人の間にさっと割ってはいった。ルンの浅黒い顔はどす黒く変容していた。何か皺くちゃになって眼も口も歪つになっていた。ノポはまっかな顔をしていた。左眼を開いておけないのか、眼を剝くようにしてはまた閉じている。右側の鼻孔から少し血が出ていて、それが紅い唇をいっそう紅くしていた。「これで終りや、もう仲なおりや、二人とも手だし」嶋中は二人の右手をとって握手させた。「ええか、もう友達やで」

二人は顔を洗って煉瓦塀のかげで夫々また〈ケレン・ケレン〉をはじめていた。顔を見られたくないのだろう煉瓦塀の方へ向いたまま、皆の方は見ずにのろのろと作業をつづけていた。事務所から出て来ない工場の生徒係の悪口や、焼けてしまった学校の階段教室でのいたずらや、しずかな、しずかな、あまりにもしずかな空について、しゃべりながら〈ケレン・ケレン〉をしているうちに陽は翳っていった。

間もなく仕事を終える時間がくる。わたしたちは自分自身の仕上げた量を誇示するためにガレンをきっちり積み重ねていった。積みかさねていきながら自らの行為がどのように価値あるものなのか、また価値のないものなのか誰ひとり考えもしなかった。何かむなしい風がわたしたちの間を吹きぬけていった。煉瓦の山がいちばん高かった柔道部員の福島一夫が小型の不発爆弾を拾ってきて自分自身が積みあげたガレンの山に投げつけたのも、海から潮の香とともに吹いてきたそんな風のせいであったのだろう。

ひどい音のようでもあったが、そうでなかったような気もする。嶋中をはじめ数人がうめき声をあげて倒れたのを、わたしたちはしばらくなすすべもなく眺めていた。その頃のわたしたちはある種のとてもひどい不感症に冒されていたのだった。

迷彩をほどこした鉄筋の灰墨いろの工場の病院は未だ完全な姿を保っていた。しかし病院のオキシフルくさい廊下にわたしたちを迎えてくれたのは年老いた小児科医が一人と、胸のうすい看護婦が一人とだけだった。不発弾を投げた〈フクちゃん〉の福島は自ら左眼を傷つけていた。他の数人は腕や脚に数多の擦過傷を負っていたが、いずれも生命に心配はなかった。しかし嶋中の大腿部はかなり大きな破片に貫通され、なお数個の破片を残していた。赤チンと包帯だけの応急手当がすむと、わたしたち四人は老医の勧告にしたがって嶋中を担架に収容した。そして数キロ離れて建っている県立病院へ最善の処置を受けるために出発した。しかしあの時、出血のはげしい嶋中を動かして県立病院へ搬ぶ以外に方法はなかったのであろうか、どうなのだろう…。

級長の富士もわたしも無傷だった。ルンは右の耳朶をすこし削られていた。ノポは左の腕を傷つけられていた。ルンとノポはどうしても担架をかつぐのだといってきかなかった。窪みのやけに多い道路だった。両側のほとんどが焼け跡だった。ぽつん、ぽつんと鉄筋の焼けビルが立っていた。半壊の木造家屋などからは余燼がなお煙をたなびかせていた。運河はどんより黒く濁っていた。橋は焼けこげて鉄骨が剝きだしていた。街路樹は黒く焦げてはいたがそれでも不思議に立っていた。そんな地上のくらい廃れた風景をよそに、空はまっかに炎えていた。あの夕焼けの何と美しかったこと。

血の色をした地平線上の雲のたたずまい。それはなにか、わたしたちに祈ることを思わせた。嶋中の血が担架から零れて、点・点と廃れた道路にしるしをつけていた。級長の富士はうつむいて、ひっそりと足を搬んでいた。わたしの肩には担架がすこしずつ食いこんで手錠を嵌められた肉のように痛んだ。ノポは歯を喰いしばっていた。彼の大きなポケットのなかには岩波の「葉隠」がいつも納まっているのをわたしは知っていた。とつぜんルンがすすり泣きはじめた。やがて声をあげて泣きだした。いつからかわたしたちはみんな泣いているのだった。ノポの泣いている横顔は夕日に映えてまっかだった。地に在るもの、すべてがまっかにそまっていた。

次の日の夜明けに嶋中は県立病院のベッドの上で死んだ。優しい両親と担任の鈴間先生に看とられながら黙って死んでいった。

「〈シマ〉ちゃんは……」と髭面のノポは視線をまた穂高の落日の方に向けて「ひとり息子だったんだなあ」となんの脈絡もなく呟いた。そうだ大量の出血で死んでいった嶋中の〈シマ〉ちゃんはひとり息子だった。「ルンは肺病で、戦後間もなく死んでしまいよった」ノポの口調には哀惜の思いがしみとおっていた。嶋中の死後ルンとノポは四六時中くっついて歩いた。彼らの友情は嶋中の血であがなわれたわけではなかったが、二人の思いのなかにはそれに似た感情がたゆたい流れていたのであろう。

「片目のフクのやつも何処かでこのまっかな空を見ているで」とわたしがいうと髭のノポは何も答えずに落日の方に顔をむけたまま目をとじて紅い唇をぐうっと引き締めた。そうすると自然に顎がうしろに引かれて彼の横顔は何かに祈っているかに見えるのだった。

徳本峠はすこしずつ暗くなっていった。


（「大阪手帖」２０６号・一九七五年三月）

マーヤー

朝はやく上高地に着いた。夜はまだすっかりその帳を引きあげきってはいなかった。バスを降りて、乳白色の濃い霧につつまれている疎林のなかで体操をした。その霧も河童橋をわたる頃にはほとんど吹きはらわれてしまっていたのに、ぼくたちが樹林帯のゆるやかな山道をしばらく登り、おおきな樺の木の下で朝食の握り飯をほおばっていると、また霧が何処からともなく漂ってきてぼくたちをつつみこもうとするのだった。中明神沢のガレを横切って、また樺の林にはいる辺りから梢の霧の雫ではなく、大粒の雨が落ちはじめてきた。そして岳沢のガレの端にでた頃には雨はかなりその勢いを増していた。煙草に火をつけて岳沢ヒュッテの軒先でしばらく様子をみていると、空の一部に青空が拡がり、雨は小降りになり、そして止んだ。一時、止んだかに思えた。

　岩塊をふんで、ぼくたちは出発した。草付きのじぐざぐ道から急な斜面の岩場をのぼってゆくと、また雨が降りだしてきた。鎖場をすぎ痩せ尾根を越え岩の壁に懸けられた鉄の梯子をのぼってゆく。いつの間にか森林限界を過ぎていてハイマツの赤い実が雨に洗われて宝石のように光っている。ときどき、雷がちかくの岩稜に落ちる。パシッ　パシッ　というような鋭い音をたてる。とてもこわい。どうしょうもないのでハイマツのなかに伏せている。落雷と落雷のあいだをぬって登ってゆく。もっとも雲ははるか下にあるので雷が〝落ちる〟というのは表現上いささか正確でない感じではある。突兀《とっこつ》たる岩の庭園のなかで、雷と風雨にかこまれ、ぼくたちは何度も進むことをためらった。前穂高岳頂上の下の分岐で三人は鳩首、短い相談の時を持った。

　吊尾根は濃いガスでつつみこまれていた。視界は二、三メーター。前かがみになって小走りに進んでゆく友の姿をやっと確認できる程度だ。風雨はいっそう強くなり上高地側から吹き上げてくる。ポンチョは凍て、めくれあがり、引き裂かれる。フードを頭からすっぽりかぶっているのだが、大粒の雨が左頰をフードの上から叩きつけてきて、痛い。岩かげで小休止する。すこし呼吸をととのえようとする。雨と汗でびっしょり濡れた身体が冷えてくる。急速に体温が失われてゆくのがわかる。ともかく歩く。早足で歩く。風をすこしでも避けようと前かがみになって時に走る。小走りにはしる。緊張の連続で咽喉はかわきも覚えない。どうしたのか、突然、鶴井孝二の帽子がぼくの目の前を吹き飛んでいった。黒いベレーはフードの下にあったはずなのにぼくの鼻先をかすめて岩峰の狭間を飛鳥のようにすりぬけ、涸沢側の暗い谷間にあっという間に消えていってしまった。

奥穂高岳山頂の岩かげで、ぼくたちは身ぶるいしながらそれまでの無事を祝いあった。静太郎がかじかんだ手でウィスキーの小瓶をザックから引っぱりだした。乾杯を二度、三度。胃の腑のあたりから暖かさがゆっくり体内の四方に拡がってゆく。ウィスキーがこんなに甘い飲物だと思ったことはそれまでになかった。手をこすり、頬をなぜ、足ぶみをする。そして、もう一度乾杯した。ガスは相かわらず濃く垂れこめていて、どこかで獣がうめいていた。ぼくたちは顔を見あわせた。ここは岩と霧だけの世界のはずなのだ。ぼくたちは声の方へ移動した。岩塊の根方にかぐろい物体がうごめいていた。青いポンチョと黄いろいポンチョが抱きあったまま蹲っていた。ほっぺたをたたいて身体をゆさぶって頬を強引につまんでウィスキーを口のなかへ流しこんだ。頬も手も氷のように冷えきっていた。静は鞍部にある小屋へ応援を求めに出かけた。鶴井とぼくはザックのなかから乾いたタオルを取りだして、濡れた衣服の下にさしこみ、彼らの冷えきった皮膚をこすりつづけた。心臓のあたりをこすろうとして、ぼくははっとした。愕然とした、といってもいい。それは、ゆたかな、しかし冷い乳房が手の甲につと触れたからでは決してない。うすく開きかけた澄んだ眸。細い眉。すんなりした鼻。ちいさな色褪せた葩のような唇。とおい記憶のなかの面影がふとこの凍死寸前の少女のうえに重ったのだ。

その頃、ぼくはある小さな新聞社につとめていた。あまりいい社員ではなかったので、自分の時間がたっぷりあった。親友で酒呑みの詩人・田村竜介が古本屋をやっていて、ここは時間をつぶすのにもってこいの場所だった。気にいった本を二、三冊ぬきとって、本棚の裏側にある三畳ばかりの田村の居室で寝ころがって閉店の時間まで読みちらすのだ。店を閉じると田村は売上げをポケットにねじこんで、ぼくと二人、あるいはこれも詩を書いていた県庁の下級職員である東元明夫と三人でマーケットの居酒屋へ飲みに出かける。カストリ焼酎をラムネで割って飲むのだが、酔いはかならずくるにしても美味い酒では決してなかった。焼酎をジンジャーエールで割ったローボール（ハイボールに非ず）には若干、舶来の匂いがしたが、どちらにしてもひどい酔いだった。

〈摩耶〉というちいさなスタンドバーに通いはじめたのも、田村といっしょにその扉を押し開いたのが最初であった。越路吹雪によく似た美人のママさんはチーちゃんと呼ばれていて、少しおミキがはいると、〃マラゲーニャ〃という歌をスペイン語か何かでよく歌ってきかせた。未婚ではあったが、百貨店の係長のハンサム君とできていて近く結婚することになっていた。ママさん目当ての酔客にはいささか淋しいことだった。しかし、チーちゃんの友だちが毎晩いれかわりたちかわり応援にやってきて、カウンターのなかに立つので、何となく華やかな雰囲気が店のなかにはただよっていた。後にヨットで世界一周して有名になった、当時は写真屋をしていたKも、恋人に会うためによくこの店にやってきていた。月曜日にはかならず応援にくる真理は昼間は市役所につとめていて月曜以外の夜はバレエのレッスンにかよっていた。小柄でほっそりとした肢体の、どことなく控え目な様子をしていたが、時にはその頃あまり見かけなかった赤いブーツをはいてきたり、客の少い時にはぼくの耳の傍らで〃リンデンバウム〃をちいさな囁くような声で歌ったりした。その歌詞と旋律は今でもまだ耳の底にのこっていて、目をつむるだけでそのやさしく繊細な幻の声のひびきはぼくの胸をしめつける。

〝泉に沿いて　しげる菩提樹
したいゆきては　うまし夢みつ
幹にはえりぬ　ゆかし言葉
うれしかなしに　訪いしそのかげ
訪いしそのかげ〟

ふたりは何時かふたりだけの時間を何度となく持つようになっていた。そして何となく抜きさしならぬ状態になってきつつあるようにぼくたちには感じられるのだった。それというのも彼女にはずうっと以前に決められた婚約者がいて、近いうちに結婚せねばならない、ということになっていたのだ。そしてぼくは相かわらず〈摩耶〉に通わない夜には、田村とマーケットの居酒屋でわるい酒を飲み、街から街へうろつき歩き、道路のうえで眠ってしまったり、鳥原貯水池にすっぱだかで飛びこんで泳いだり、墓石の上に放尿したり、無頼のかぎりをつくしていた。貯えは一銭もなく、蔵書はほとんどカストリに化けてしまっていた。真理に婚約を破棄させてまで彼女と生活を共にするだけの自信も勇気もぼくは持ちあわせていなかった。

彼女は神戸市の北の端の方に母親と二人だけで住んでいた。神戸電鉄というなかば山嶽電車のような鉄道で彼女は「道場河原」という駅まで最終の便で帰ってゆくのだ。ある月曜日の夜、その電車で帰る彼女を送って「湊川」駅のプラットに立っていて、ふと彼女の眸から、真珠のような涙がこぼれ落ちるのを見た。彼女がすぐに横を向いてしまったので、よくはわからなかった。ぼくがそう思っただけなのかもしれない。次の日曜日、彼女と彼女の母の招きに応じてぼくは道場河原に出かけていった。大きな旧家で、荒れた庭には、巨きな灯籠と庭石と涸れた池が風に吹かれながら眠っていた。真理の母は恵美という名で美しいひとだった。とても若い感じで、ちらっと愁わしげな陰影を走らせる真理よりもずうっと華やかに見えた。墨で描かれた『霧にけむる山水と藁屋と漁舟』の軸が床にかかっていた。その前には黒い塗りのお膳が並べられていた。真理の母は何度かぼくに酒をついでくれて自分も二、三度杯を傾けていたが、玄関の方で声がすると、何でも〝親戚の家のもめごとに顔を出さねばなりませんので…ゆっくりしていってくださいね……〟と馥郁と匂うような微笑をのこして出ていってしまった。

あの招待は何だったのだろう。『別れのための宴』の席を真理の母親がそれとなく設けてくれたのであったろうか。ぼくたちはとりとめもなくしゃべり、お酒を飲み、料理をつつき、鮨をつまんだ。河原に出ると風が吹いていた。まずしい秋の陽の光が白く散らばっていた。荒涼とした原っぱに芒がいっせいに頭を伏せていた。ぼくは彼女をそうっと抱いた。真理の眸のなかにうるむものがあった。車内を風が吹きぬけてゆく無人にちかい山嶽電車に乗ってかえった。

〈摩耶〉にも、マーケットの居酒屋にも田村の経営する〈海棠書屋〉にも、しばらく顔を出さなかった。日曜日になると古い山靴をひっぱり出して六甲山系をめちゃくちゃに歩きまわった。街にはときおり氷雨が降り、山は白く雪で粧われはじめていた。

電話があって、次の日曜日の朝に三宮で会った。真理は摩耶山に登りたいのだという。バスとケーブルカーとロープウエイを利用して奥摩耶にのぼった。いちめん銀世界で、子供たちが雪礫を投げあっていた。公園のベンチもスベリ台も半ば雪に埋れていた。展望台の下の谷から雪と風が吹き上げてくる。吹雪のなかをまっしろになって公園のなかで営業している小さな茶店にはいった。あたたかい甘酒をすすりながらぼくの眼のなかをのぞきこんでいる真理の眸はとても透明で、何故か海を思わせた。そして彼女はどうしても〝お寺〟にまいりにゆこう、といってきかないのだった。〝お寺〟というのは摩耶山忉利《とうり》天上寺のことで天気さへよければこの山頂からものの二十分ほども歩けばゆけるのだが、何しろ外は凄い吹雪になっている。

水色の澄んだ海のような眸にみつめられながら、ぼくはしょうことなしに立ち上った。右手で彼女をしっかり支え、左手で雪をふせぎながら歩いてゆく。しかし、何度も滑っては転ぶ。そして顔を見あわせてすこし微笑む。石の階段をゆっくり降りてゆく。雪がしきりに降りしきる観音堂、摩耶夫人堂などの前でぬかずく。特に摩耶夫人堂の前で真理はじいっと手をあわせたまま動かない。釈迦の生母の摩耶夫人は女性の守護神だとか聞いていたので、ぼくはたいして気にもせず、雪におおわれた山脈の峰々をぼんやり眺めていた。

十日ばかりたって〈摩耶〉のチーちゃんがめずらしく電話をかけてきた。話しがあるから是非きてほしい、というのである。いくら飲み代がたまっても、こんな電話を彼女はよこしたことがない。すこしばかり工面してでかけてゆくことにする。時間がはやいので客はぼく一人だ。〝マラゲーニャ〟のレコードをかけてもらう。その頃〈摩耶〉はトリスバーになっていたので、トリスのハイボールをダブルで注文して、ぐいっとあおって、もういっぱい注文してちびちびやっていたが、チーちゃんはいっこう話しを切りださない。ぼくは工面をしてきたおかねをカウンターの上において〝だいぶ足りないけど……〟と声をかけると、〝あら！〟と意外そうな声をだしたがだまっておかねを抽出にいれ、メモに差引残の数字を鉛筆でかいて、ピーナツの皿の下に差しこんで、また奥の方へひき下がってしまった。結婚してからのチーちゃんは笑顔にしまりがなくなった、といわれるぐらい艶っぽくなっていたのだが、この晩はにこっともしないので何だか気づまりで〝かえるよ〟といって立ちかけると、チーちゃんは〝待って！〟〝あのね、マーヤーが……〟と話しだした。〝マーヤー〟というのは真理のことをみんながそう呼んでいるのだ。いつかハチャトウリヤンのバレエ『ガイーヌ』のなかで踊った真理が蜜蜂のようだったというので、そうよばれだしたのだそうである。その真理がもう十日ばかりも高熱を出して寝たきりなのだという。そして小学校の教師をしている彼女の婚約者が、ずうっと側について看病しているのだそうである。チーちゃんは昨日、見舞いにいって、〝マーヤー〟から〝このことはぜったいに次郎さんにはいわないで〟と頼まれたのだそうである。〝いったいどうするつもりなの！井田次郎君！〟と彼女はややかわいた声でそういった。ぼくは去年の秋の暮に真理の家で別れの宴の時を持ったこと、彼女に頼まれて雪の摩耶山にのぼったことなどをぼそぼそとチーちゃんにしゃべっていた。チーちゃんにいわせると井田次郎という男は阿呆で無責任でお人好しで、もうひとつ悪いことに無知そのものだ、というのである。摩耶夫人《まやぶにん》がおしゃかさまの生母であることは、これはその通りだがルンビニー園というところで無憂樹の枝を折りとろうとした時に、右の脇腹をつき破って生れでてきたのが釈尊で、そのため夫人は産後七日目に死んだといわれている。その後、女性の難産をあわれんだ梁の武帝が夫人の影像をつくり、功徳を修めたという事績を弘法大師が聞き、仏母堂を建て摩耶夫人像を祀ったのが摩耶山忉利天上寺なのだ。かよわい女性が何のために雪の摩耶山に登ろうと決意するのか、知らないのは井田次郎ただ一人だ。とチーちゃんはしゃがれた声できびしく難詰するのだった。ぼくはしょぼんとなって、どうしたらいいのかさっぱりわからず、棚からトリスの瓶をおろしてきて勝手にグラスについで、ぐびぐび飲むだけだった。

休暇をとって、次の日チーちゃんに同行を頼んで果物籠をぶらさげて道場河原へ出かけていった。真理の枕もとには彼女の母だけが端座していた。婚約者はいなかった。小学校の方へ今日はどうしても出なければならない、ということで。ぼくは何といったらいいのか、かいもく見当がつかないので、ただ黙って座っていた。だまってずうっと正座していた。あれた庭には大きな石灯籠と苔のついた石と涸れた池が風に吹かれながら眠っていた。足が痺れて痛かったが、それはせめてもの自らを罰するささやかな鞭のようなものなのだ、と自分にいい聞かせていた。真理はあの澄んだ眸を薄く開きかけていた。細い眉。すんなりした鼻。ちいさい色褪せた葩のような唇。ぼくにはそのときはっきりわかった。ぼくの掌のなかから貴重な珠がするりとこぼれて落ちてゆくのが。淡い、またとない真珠母いろの光芒を一瞬はなって。チーちゃんと彼女の母が、ぼくたちの間に介在しているのに、真理はぱっちり目を開いて〝何も心配することはないのよ……みんなすんだの……すこしかぜをこじらせただけ……もう決してかぜをひいたりすることないわ……そしてずうっと会わないことにしましょうね……〟とぼくにそういって、澄んだ海のような眸でじいっとぼくの眼のなかをのぞきこんでいた。時がゆっくりながれていた。真理は疲れたのか、そっとその美しい眸を閉じながら、誰にいうともなく、〝あの人が、あまりにもかわいそうだもの……〟と呟いてその色褪せたちいさな葩のような唇をとざしていた。〝もすこしのこっているわ〟というチーちゃんと別れて、枯れた草たちの原を越えて、風に追われながら無人にちかい山嶽電車に乗ってかえった。

　鶴井は青いポンチョの青年をおぶって、鉄の梯子が懸けられている岩棚まで歩いていった。ぼくもまた〝マーヤー〟によく似た黄いろいポンチョの少女を岩棚までおぶっていった。そこからはザイルで結わえて小屋から応援にかけつけてきてくれた人たちとともに、ゆっくり彼らをおろした。小屋では火と味噌汁が待っていた。青年も少女もすぐに元気を回復することだろう。

　夜ぴいて吹きすさんだ風はやんで、次の日はぬけるような青空である。ぼくたちは朝早く出発した。奥穂から西穂へむけて。ナイフリッジからロバの耳をこえジャンダルムから天狗のコルへ。間ノ岳のボロボロに崩れそうな逆層の岩に肝を冷しながら、しかし時にはイワツバメやイワギキョウのさわやかで雅かなまたとない歓迎を受けて。左に梓川の清流を見おろし、右に笠ケ岳、錫杖、抜戸、弓折の諸峰を展望しながら、ぼくたちは西穂へむかった。西穂山荘で一泊したぼくたちは翌日、割谷山から焼岳にいたり、火口の噴煙と、碧玉色にひかる火口湖を見おろし、中尾峠をこえて槍見温泉へと降りていった。

　ビールでいく度となく乾杯した。髭を剃り蒲田川の中に噴きあげる湯けむりのなかに身をしずめる。まるで砕かれた氷片のように散らばる満天の星を仰ぎながら山の歌を合唱する。岩の湯槽を枕にして目をとじていると、しぜんに〝リンデンバウム〟の旋律が胸の底から湧きあがってくる。〝マーヤー〟が結婚してしばらくしてチーちゃんから電話があり、ぼくは一枚のレコードを受けとったのだ。それがあの〝菩提樹〟なのだ。静が突然、声をかけてきた〝何をぶつぶついってるんだ。マーヤーとか何とかつぶやいているけれど……〟

ぼくは穂高の岩かげで凍えかけていた少女と真理との相似について、酷似といってもいい、そんなことを二人の友にぶちまけてしゃべりたいと思った。鶴井が傍らにやってきて、岩のうえにオットセイかトドのようにべったりと寝そべり、〝雪は消えねど、春はきざしぬ……〟と歌いはじめたが先ほどの静の言葉を引きとるように〝そうそう、思いだしたぞ。〈マーヤー〉というのはまあいうならば《幻影》というほどの意味なんだなあ。インドの古い何とかいう学派が、しきりにこの〈マーヤー〉という言葉をつかっていて、神が世界を展開していくための超自然の力がこの〈マーヤー〉なのだ、といっている。……何という学派かって？……ええと……神戸にかえったら又しらべとくわ……〟といって、また歌のつづきをやりはじめた。〝凪はなごみて、日はあたたかし……〟

湯けむりが、岩で囲んだ川の中の露天風呂を霧がまくようにつつみこんでいた。空には千の星々がいつまでもまたたき、無言の交響曲を奏でつづけていた。

（「大阪手帖」２０９号・一九七五年六月）

蛍を売る男

街路樹のプラタナスの葉がふるえていた。風で、枝がゆれていた。広い、まっしろな道路の両脇にプラタナスの樹はとおく何処までもつづいていて、それが風で、いっせいにざわめく。ざわめきつづける。タクシーがゆく。オートバイがゆく。クレーンを積んだのや長距離の重量トラックが通り過ぎてゆくのだが、それらは不思議にひっそりと音たてずに去ってゆく。風のせいかもしれない。「さようなら」と、そのひとがつぶやき「さようなら」と、ぼくがこたえたはずなのに、言葉は葉叢のさざめきのなかにかき消えていってしまったかのよう。肩をならべて、ぼくたちは街路樹の下を何処までも何処までも歩いていった。

陽がゆっくりと山の肩に落ちてゆく。雲が黄金いろに燃えている。それが白金いろにかがやき、朱いろに変り、やがて血のいろとなって空いちめんに流れひろがる。とつぜん天の一部に闇がくる。微妙に闇は夕焼けと混りあう。くらくて、しかも濃密な葡萄酒いろの空。疲れて、無言に疲れて、ぼくたちは座っていた。高台にある公園の藤棚の下のベンチで、昏れてゆく切紙細工の影絵のような山を、影絵のような街を眺めていた。黙ったまま。黙ったまま。薄明のなかで丸坊主の少年が二人、硬いボールを投げては受け、受けては投げ、投げては受け、受けては投げ、繰りかえし繰りかえし同じ動作をつづけていた。暗いおおきな樟のかげで鳩が鳴いていた。よく肥えた、肥えすぎた鳩が鳴いていた。クッ　クウ　クウ……クックウ　クウ　クウ……。鳩の鳴声にはある一つのリズムがあった。抑揚があった。クッ　クウ　クウ……クッ　クウ　クウ……。それは、ぼくの記憶のおくそこのあるものに触れてくる。それは、ぼくの眠っている層のなかの澱んでいる何かをゆさぶろうとする。クッ　クウ　クウ……クッ　クウ　クウ　クウ……。

ほてった空気を切りさくようにして一時風が涼感とともにかけぬけてゆく。山の方へ。じいっと、その人が指さしている。しなやかに反った指、ほっそりと動かない影絵のような腕。黒い山。黒い山。黒い山の中腹から山頂にかけて、炬火がもえている。

何十本、いや何百本ものあかい炬火がゆれている。「あれは狐火？」そうかも知れない。あるいは三十三夜講の連中が山の奥に祀られている祠に詣るため、松明に火をつけて登っていくのかもしれない。風がかけぬけてゆく。少年がかけぬけてゆく。丸坊主の少年が二人。「山火事だ！」と叫びながら。

風があけ放された窓から窓へ、車内をとおりぬけてゆく。座席の片隅では髪を赤く染めた女のひとと黄いろいシャツのコーヒー色の青年が絡みあっている。もえている山が、だんだん遠ざかる。ぼくは、じいっと見ている。鉄路が彎曲しているので時に山容を見失う。しかし、いつか又あらわれる。そして火はずうっと燃えつづけている。あれはだんじて山火事なんぞではあるはずがない。「あれは、狐火」にちがいない。そのひとは立っているぼくの前の座席にすこし俯いてすわっている。やわらかくて細い髪を黒いリボンでゆわえている。ほのじろく嫋やかにしずんでいる項。あれは、いつの夏のことだったろうか。あの美しい獣にあったのは。〈おこじょ〉というのが、その獣の名前だった。笠ケ岳から抜戸、弓折、双六、三俣蓮華岳の峰々を縦走して、黒部五郎岳の残雪とお花畠の美しい圏谷を越え、そして、ガラガラの岩屑の急坂を登りつめて、頂上附近でひといきいれていた時だ。石塊と石塊が折り重なっている、そんな地形のふとした隙間から彼女はそっとあらわれて、じいっとぼくの方を見つめているのだ。〈クダギツネ〉とか〈エゾイタチ〉あるいは〈ヤマイタチ〉ともよばれるこのちいさな獣は、首をすこうし傾けて、もの問いたげにぼくの方をじいっと見ているのだ。頭の先からしっぽの端まで三十センチもあったろうか。淡い褐色の艶やかな毛なみ。冬になると全身純白になるといわれているのだが、そんな体毛が風で、わずかにそそけている。前足をちいさな石の上にあずけて後足で優雅に立っている。腹面の毛はどうやら白っぽい。つぶらでまっくろな瞳が、じいっとぼくの方を見ている。ほっそりとして何となくたよりなげで、しかも鞭の強靱さと柔軟性をそっと秘めている。野性の、その肢体。その嫋やかな項。その嫋やかな項。

手をのばして抱こうとすると、彼女はすばやく身をかわす。石のかげへ。石と石の隙間へ身をかくす。しばらくは現われてくる気配がない。ぼくは仕方なしにパイプに火をつける。そして、ゆっくりとくゆらす。白い煙がたゆたい流れる。蒼い空。あおい、あおい、あおい空。白い雲がほんの少したゆたい流れてゆく。すると、折り重った石塊と石塊のとんでもない隙間から〈おこじょ〉が出てきて、ぼくの方をじいっと見ているのだ。首をすこうし傾けて。ぼくは彼女に声をかける。「チョッ　チョッチョッ……」といったふうに。「チョッ　チョッ　チョッ……」「チョッ　チョッ　チョッ……こちらへ、おいで。こちらへ」と。彼女の首は、もすこし傾斜をふかくする。ぼくは彼女の方へ近よってゆく。そして、ゆっくり手をさしのべる。風にそそけだっている彼女のつややかな毛に指がふれる。彼女はそっと身をかわす。はい松のかげへ。そして、石と石たちの隙間へかくれてしまう。まるで、ぼくを〈おこじょ〉の石塊のなかの館へ案内してやろう、とでもいったふうに。ぼくは、どうしようもなくて、石と石の積み重った、少し窪地になっている風のこない狭間の平ったい大きな石の上にねころがって、ゆっくりと、しかも大量にパイプをくゆらす。白い雲が流れてゆく。陽が少し翳りはじめた。何処かで彼女がぼくを見ている。凝視めている。すこうし首を傾けて。嫋やかな項……嫋やかな……。

そのひとは、ぼくの眼のなかをのぞきこんでいた。すこうし首を傾けて。「あなたは、とても健全な方。健全な身体。健全な精神。あなたはある線をさかいにして、それ以上には決してこちら側に踏みこもうとなさらない方。わたしのくるった渇き、わたしの揺れやまぬ微小すぎる惑いなど、あなたのうちらには最初から計量する秤りなどなかったのに……しかも、わたしはそれをよく知っていたのに……わたしの癒しがたい傷口を、少しはあなたが小さくしてくれるのではないかと希んだりしていたの。……わたしがあなたに魅かれたのはいったい何だったのだろう……あなたの身体……あなたの揺れうごかないこころ……そんなものでは決してない……そしてあなたがわたしに魅かれたと思いこんでいるのは……わたしの身体……どうにでも思いのままになるわたしの身体……。わたしは醜い。わたしのこころはとても、とても歪つなの。……わたしの願いが、あなたにとってどんなに煩わしく、どんなに馬鹿げていることか、それがわたしにはよくわかるから、わたしはあなたから去ってゆくの。嘲笑しないでね。わたしには、どんなかたちであろう、とまだ教会があり、夫がいるわ……。わたしはきっと、わたしとわたしの夫の子供をつくるわ……。さようなら……電話はしないでね……手紙もほしくないの……もいちど、さようなら……」

そのひとと別れて帰る橋のうえで煙草に火をつける。くらい川の流れがちらちらと光っている。誰も通らない。吸いさしを投げると赤いちいさな火が弧をえがいて芦たちの間に落ちてゆく。その赤い短かな一瞬にえがかれた光りの弧は美しい。しかし、それに何の意味があるのだろう。婆沙羅の白髪のばあさんがやってくる。橋のなかほどで立ち止って、ぼくをしばらく見上げている。そして首をふりながら去ってゆく。

ぼくのうちらではその時から常に誰かが首をよこに振りつづけ、終ろうとはしない。プラットホームの端っこの暗闇のなかで、鉄柵にもたれてそのひとの家の方を見ている。レールが光っている。信号が点滅する。赤く。青く。何度も点滅する。ただそれだけのことだ。そのひとの家に近い踏切の信号が何度も点滅している。青く。赤く。ただそれだけのことだ。

炬火の行列は遠く去ってしまっていた。狐火はいつか消えてしまっていた。山はまっくらでとても静かだった。あれは決して山火事などではない。眼をつむると闇のなかで山のかたちに火が山をえぞっている。火が燃えながら山のかたちを明らかにしてみせてくれる。火の燃えかたがあまりにも激しいので瞼のうちら側がまっかになる。ほんとうに「あれは、狐火」だったにちがいない。いまだに、ぼくの眼のなかでこんなに燃えているのだもの。眼をあけてほのぐらい公園をよこぎってゆく。石段を上りまた上る。噴水が秩序なくおしゃべりを撒き散らしている。さつきの植込みの附近で淡い黄いろな光りがまたたいている。ぼおうっ、とまたたいている。ぼおうっと薄よごれた白シャツの男が蛍を売っているのだ。葛籠ほどもある大きな籠から、ちいさな蛍籠に十四、二十四と移し替えては売るのである。数を勘定するのに便利なのか、あるいは蛍を傷つけない思いやりなのか、男は蛍を一匹、一匹、口のなかに含んでは小さな籠に移しかえるのだ。ちいさな淡い光りが男の口のなかから生れては蛍籠に移され、何人もの客の手にわたり、そして闇のなかに消えてゆく。淡くまたたく美しい光りが、さつきの植え込みのかげから四方に散ってゆく。男はほんとうに蛍を売っているのだろうか。蛍だけを売っているのだろうか。もっと大事な、男にとってかけがえのない何ものかを売りはらっているのではないのかしら。ぼんやり、そんなことを考えていると、いつしか薄よごれた白シャツの男は帰り仕度をはじめていた。ぼくは何となく躊躇しながら、それでも最後の一籠の蛍を男から買いとっていた。

あれは、いつの夏のことだったろうか。河鹿の声を聞くために、市の北の方へ郊外電車に乗ってあのひとと二人で出かけていったのは。「五社」というひなびた駅で降りて、川沿いに歩いてゆくと、疎林のかげに「河鹿荘」と名付けられたちいさな料亭があったけ。川に面した庭さきの床几に腰かけて、ぼくたちは長い間、河鹿の鳴く声を聞いていた。夕闇が迫っていた。ぼくは杯を重ねつづけていた。あのひとの頰にもほのかに淡く紅のいろがさしていた。そして、知らぬ間にやってきた闇のなかでも河鹿は鳴きつづけていた。ふと気がつくと、すこし上流の水辺の柳の葉にとまっていたいく百、いく千の蛍が調子をあわせていっせいに点滅しているのだ。団扇と蛍籠をかりて水辺に降りていった。ぼくが団扇で柳の葉を打ちはらうと、光りたちはたちまち四散した。そして闇のなかを光りが、光りたちが乱舞するのだった。鋭い光りの線が縦横にいり乱れて、それは豪華な光りの狂詩曲だった。いつの間にか、あのひとも水辺に降りてきていて、ぼくの身体をそっと抱いた。「わたし、狂いそう」と、あのひとはぼくにそう囁いていた。いつの間にかあの冷い光りがぼくたちのうちらにはいりこんでいて、ぼくたちの奥処をほのかに赤く燃えさせていたのだろうか。あるいは、ぼくたちの内らにも発光器が内蔵されていて、それでぼくたち自身が冷く光っていたのであったろうか。ひかり、ひかり、ひかり……ひかりたち……。

くらい公園の闇のなかの暗いおおきな樟のかげで鳩が鳴いていた。夕方にみた、あの肥えすぎた鳩にちがいない。クッ　クウ　クウ　クウ……クッ　クウ　クウ　クウ……。と鳴いている。リズムも、抑揚も寸分かわりがない。クッ　クウ　クウ　クウ——クッ　クウ　クウ……。それは、ぼくの記憶のおくそこのあるものに触れてくる。それは、ぼくのうちらに眠っているとてもふかい層のなかの澱んでいる何かをつきうごかそうとする。クッ　クウ　クウ……クッ　クウ　クウ　クウ……。「しち・ご・

ちょう　だ！」それは七・五調にちがいない。ぼくが時になつかしむ、古いぼくたちの祖先の韻律にちがいない。ぼくは、また「しち・ご・ちょう　にちがいない」と声を出していた。ふるい慣習、ふるい様式、ふるい生き方を拒否しつづけながら、おまえは七・五調の鳩の鳴き声に何と、ふかいところをつきうごかされ、ゆさぶられ、感動をしいられているのではないか。にせものめ！にせものめ！しかもなおたてまえの上では「七・五調」を批判しつづけていくであろうぼく。傍らにあのひとがいなくってほんとうによかったなあ。飲んでいないのに、ぼくは少し酔っていた。冷い夜気とこよなきひととの別離にぼくは酔っぱらっていた。高台の公園の藤棚の下のベンチにすわって眺めていると街の家々の灯火は真珠のようにやさしくかがやいていた。そして、いつの間にかばら撒かれたダイヤモンドのようにまたたいていた街々の灯が、きゅうにうるんで、ぼんやりとにじんでくる。

街路樹のプラタナスが整然と列んでいる広いまっしろな道路を歩いてゆく。プラタナスの葉がふるえている。風で、枝がゆれている。外灯の白銀いろのひかりで、プラタナスの葉が薄い金属でつくられた人工の飾りものに見えたりする。道路の両脇に何処までも何処までもつづいているプラタナスの薄い白銀製の葉っぱが、風で、いっせいにざわめく。ざわめきつづける。タクシーがゆく。タクシーがゆく。ヘッドライトの光りがまぶしく通りすぎてゆく。列をなして通りすぎてゆくのだが、それらは不思議にひっそりと音たてずに去ってゆく。四叉路で曲って、石垣に沿って、プラタナスの路を歩いてゆく。風に追われるようにして歩いてゆく。いつか、石垣沿いの道から運河沿いの道に出ていて、それはゆるいカーブをえがきながら展っていっているのだが、しかし、いっこうにプラタナスの葉たちのざわめきは、おさまろうとはしないのだった。

プラタナスの樹々がつきるあたりに橋があって、その橋のたもとに巨きな柳の樹が植わっていて、柳の長い枝枝が風にはげしくゆさぶられていた。「さようなら」とあのひとがつぶやき「さようなら」とぼくがこたえてしまったのだ。蛍は、ひかりは、すでにあの薄よごれた白シャツの男が売り払ってしまっていた。「さようなら」の言葉はプラタナスの葉叢のさざめきのなかにかき消えていってしまったかに思われたがそれなのにぼくのうちらでは、あいかわらず、婆沙羅の白髪のばあさんが首をいつまでも振りながら、わめきつづけているのだった。「さようなら」。ぼくは虫たちに挨拶をする。橋の欄杆にもたれて、ぼくは蛍の籠のちいさな扉を開く。光りたちは、それでも籠のなかから出ようとはしなかった。ぼくはあのぼくの分身のような薄よごれた白シャツの男にまねて、蛍を一匹ずつ口にふくんでは、運河の闇のなかに放してやった。蛍は淡いひかりをぼおうっ、と灯して闇のなかを右へ、左へ散っていったが、やがて柳の葉につぎつぎととまっていった。そして、しばらく間をおくと、いっせいに調子をあわせ、淡く点滅しはじめていた。

その光りは、ぼくのうちらでも点滅しつづけ、そして、いつまでも終ることがなかった。

（「大阪手帖」２１３号・一九七五年十月）

*

詩人・広田善緒の横顔

広田善緒（夫）さんが詩誌「ＭＥＮＵ」を創刊したのは昭和二十五年（一九五〇）の十月である。戦前のシュールレアリスム（超現実主義）詩やモダニズム（現代主義・近代主義）詩の遺産を批判的に継承し、日本におけるモダニズム詩に強くつきまとう移入文化・移入芸術的な性格から脱皮させるため、広田さんは精力的に活動した。大正末年から昭和初期の大きな文学・芸術上の運動の一つが、強く欧米の二十世紀芸術に影響されて起こったモダニズムの運動だが、雑誌『詩と詩論』や『新領土』は文学におけるこれらの運動の強力な拠点であった。広田さんはこの『新領土』に昭和十二年（一九三七）同人として参加している。

『ＭＥＮＵ』の同人には桑原啓介・岩本修蔵・今田久・伊藤正斉・水上文雄・志村

辰夫など旧『新領土』のメンバーが参加したが、神戸側からは小林武雄・芦塚孝四・桑島玄二・西本昭太郎・中村隆・伊勢田史郎などが加わっている。英文学者の深瀬基寛氏がエリオットの詩を訳したり、作曲家の徳永秀則氏が長詩を発表するなど、同人以外の執筆者も多様で、昨年逝去された君本昌久さんは、広田さんの活動を〝戦前のシュールレアリスムやモダニズム詩に魂を吹き込む作業〟と評価していた。

神戸・湊川公園の北端にある兵庫区役所に隣接してミナイチという市場がある。神戸新鮮市場という巨大な複合マーケットの一郭である。太平洋戦争が終わって間もなく、この辺りにはバラックに毛の生えたくらいの小店舗が櫛の歯のように立ち並んだ。たいていが一杯飲み屋で、ガソリン臭い〝カストリ〟を飲ました。本来〝粕取り〟というのは酒粕が材料の正体が知れた焼酎である。しかし、当時のカストリというのは、名は似ていても全く非なるもので、航空機燃料やメチル・アルコールなども混じっている危くて訳の分からぬ奇妙奇天烈な飲物であった。この飲物をきこしめす時は、だいたい〝ラムネ〟で割ったものだが、それでも不味い代物だった。当時、「クラルテ書房」という古書店を経営していた中村隆や、兵庫県庁に勤めていた西本昭太郎と一緒に、私はこの界隈に毎夜のように出没した。タンの付け焼きが名物の店があって、私たちはその飲み屋をひいきにしていた。女将は色の黒い小柄なひとで、今から思えば四十歳前後であったろうか。胸を病んでいて、時に咳き込み、塵紙で口を押さえたりしていた。彼女とは対照的に、でっぷり太って、鼻の右脇に大きな黒子を付けた赭ら顔の親爺は、この飲み屋街の顔役で、しょっちゅう揉め事の仲裁などで店を空けていた。ところが、どういうわけか、私たちはこの夫婦には信用があって、付けで飲ませてくれ、たまには小鉢に入った酢の物など一寸した肴を「サービスよー」と出してくれたりした。

この飲み屋の背中合わせの通り筋に「ラクド」という名の小さな喫茶店があった。経営者はたしか美術陶器・淡州堂の主人藤原有さんだったと思うが、今でいう店長は松平隆哉さんという文学評論を志すひとであった。『MENU』に参加する以前には、私は『クラルテ』(昭和二十二年創刊、中村隆・山本博繁の編集発行)の同人であり、松平さんもクラルテ文学会の一員であった。クラルテの後身『反世代』という詩・小説・評論の同人誌が中村の編集で出るが、この二号に「廃墟のヨブ」という渾身の力を振り絞ったエッセイを発表している。後に大阪新聞の記者になるのだが、私たち年下の者にも何かと助言してくれたりした。ラクドには、近くの飲み屋の親爺や女将、それに新聞記者や詩人や作家、そして、その卵たちが引っ切り無しに出入りした。下戸ではないが決して酒呑みとはいえない小林武雄さんや、後に直木賞候補になる武田芳一さんなどが常連ではなかったか、と思う。詩人の竹中郁さんや富田砕花さん、作家の白川渥さんや及川英雄さん、画家の津高和一さんや松岡寛一さん、後に兵庫県知事になる浪人中の阪本勝さんや、近くで古書店を開いていた『海峡の距離』の詩人・詩村映二さんなど、文人や画家たちが綺羅星のごとく集まる店であった。

広田善緒さんに初めて出会ったのも、この「ラクド」であった。小林武雄さんの編集で昭和二十一年(一九四六)九月に創刊された『火の鳥』に、広田さんは「Ｃａｎｏｎ」という長い詩を発表している。カノンというのは楽曲形式の一つで、曲則曲とか追復曲と訳されるが、広辞苑によると、第一声部旋律を第二、第三などの声部が厳格に模倣しつつ進む対位法的な楽曲、とある。当時の私はそれを知らなかった。ギリシア神話のなかに出てくる伝説上の神か人物と思い込んでいて、そんなふうなことを喋ったりした。広田さんは少し首をかしげていたが、「そのように読めるかも知れないが、カノンというのは楽曲形式の一つなんだよ」と、注意して下さった。広田さんは詩やエッセイを数多く書き残していかれたが、シュールレアリスムの絵もよくし、音楽器ではセロにも堪能だった。太平洋戦争の始まる昭和十六年（一九四一）には音楽論集の『不逞な鶯』を刊行しているし、戦後の数年は東北地方に埋もれた民謡や子守歌を採譜、いくつもの子守歌を作詞・作曲している。また当時の居住地では西脇市民合唱団を組織し、藤原義江を招いて公演、地域文化の振興に大きな貢献をされている。広田善緒の諸作品の奥深くには不思議な旋律が流れているが、それは、音楽を深く愛した彼の活動の積み重ねの、その感覚がうちらに滲み込んでいったものであろう。

父よ　汝
このちぎれた太陽の
白い脛をさがす歴史のなかにまぎれている
しめった火を喰う鳥の
蛇の如きメタモルフォーゼ
（そのパンセを
正しい広場で燃してください

とどかねば
もっと涙を呑んでもよい
釦の上の花は真正直に咲いているから
むしりとるなんて無慙なことは
神の手にも強いないで下さい
親のない子等のクリスマスは
墓の下に閉ざされているのです
呼んでも来ない鳥の青さには
どのような救済もないのです
変えがたい一途の樹さえ
立ち枯れた空を渡りました
キジコスに舟をつなぐ弱さには
おぼれますまい
祭典など
不潔な月よ

決してけっして信じませぬ
その傲岸のデスマスクを
　ごめんなさい）
失われた黒い肋骨をすぎて
鐘は沈んだのだ
呼ぶものへの対応のように
汝のホルンは色情的な混濁をみせたが
もはやどの谷間へもおりてはゆかぬ
落葉の下の焰が醒めて
しづかな腐敗のはいのぼるのをみつめるか
遠ざかるカノンよ
どんな心も残してはならない
汝の旅は冬よりもながく
石よりも更にきびしい

Ｃａｎｏｎは三部三百十一行にわたる長詩で、前に掲げたのは作品の最終のほんの一部分である。広田さんにはよく詩に対する考え方を話してもらった。何故、饒舌と思われる長詩を書くのか、という点に関しては、要約すると次のように、自身の詩が形成される過程の秘密を明かして下さったりした。

〝人間の未知数を含んだところの生きた思想を、詩の根底として考え……抒情性を一応横において、批判性を詩の中心にもってこようとした。そして、精神的な技術として、ベルグソンのいうエランビタル（生命の躍動）といったものを自分は考える。…たとえば、モダン・ジャズのように…一定のリズムとテーマをあたえておいて即興演奏する…といった方法に似ているが…書き手が、心のおもむくままに素早く自動記述し、意識下の世界を表現するアンドレ・ブルトンなどシュールレアリストたちが開拓したオートマチズムの手法によるにしても、ただ書きまくればよい、というのではなく、リズムとテーマを与えたところの、精神の躍動したものが必要なのだ〟

長詩Ｃａｎｏｎは「Ｃａｎｃｉｏｎ」や「偽雅歌」とともに纏められ、詩集『偽雅歌』として、岩本修蔵さんのＣ・Ｐ・Ｐ（セナクル・ド・パンポエジー）から昭和二十七年（一九五二）に刊行されたが、これは彼の第二詩集である。処女詩集は昭和十二年（一九三七）六月に驢馬社（姫路市・社主織田重兵衛）より刊行されている。『乳母車綺譚』である。ここには二部二百八十三行の「乳母車綺譚」をはじめ、「饒舌ナ村」「ガウチョ一族の平和な肖像」など長詩が多い。

人民はハマグリを求めて急湍の如く歴史の海浜へ駆け出して行った。一人はハンドルを持ち一人はホロを持ち誰かは車輪を持ち誰かは板を又誰かは藤のツルを抱いて、そしてお互ひに先を急いだ。Satyriasis の如くそこには若干のヤブニラミの挨拶がこぼれた。

これは、長詩「乳母車綺譚」の最後の部分である。この詩集が上梓された翌月の七月七日、盧溝橋事件が起き、日中戦争に突入する。昭和六年（一九三一）の柳条湖事件を発端にはじまった満州事変から、太平洋戦争終結にいたる十五年戦争が第二段階に入る真際であった。日本人民のほとんどが、まさに〝急湍〟を流されるようにファシズムの方へ傾き、倒れ込んでいくのである。坂を下る乳母車・日本を誰一人止めようとせず、むしろその進行に拍車を加えようと、乳母車に押しかけ群がってくる人びとを、この詩は何と鮮やかに写しとり風刺していることか。坂を転がっていく乳母車の落ちゆく先まで予見しているわけではないが、この詩のそこには文明批判の確固とした眼が在るので、文学の新しい傾向の形のみを追い求める皮相的なモダニズム詩とはやや異なった硬質の作品となっている。

詩人・広田善緒は大正三年（一九一四）十月十一日、兵庫県多可郡西脇町西脇（現西脇市）に、父広田善太郎、母うのの長男として生まれた。家業は酒米の卸売商だったが、善太郎はのちに山林を取得し製材業を営むようになる。昭和七年（一九三二）善緒は兵庫県立小野中学を十八歳で卒業すると、ひとり上京して大学の美術学科に通う。両親には経済学科に入ったと誤魔化していたらしい。小野十三郎・植村諦・秋山清・岡本潤などの『詩行動』に拠り、社会派的な詩を発表するようになる。三年足らずで、美術学科在籍の事実が両親に伝わり、西脇に連れ戻される。帰郷後、詩村映二（織田重兵衛）・飯田操朗・亜騎保・小林武雄・津高和一などに出会う。ちなみに『乳母車綺譚』はシュールレアリスムの画家・飯田操朗のスケッチで飾られている。この詩集が出る昭和十二年、小林武雄発行の『神戸詩人』に参加し、会計を担当することになる。また、上田保発行の『新領土』に同人として加わる。しかし、当時日支事変と呼ばれた日本の中国に対する侵略戦争は拡大の一途をたどり、時代は暗さを増していく。昭和十三年(一九三八)九月、広田さんも一兵士として召集され、高知の連隊に入営、以後、朝鮮、中国に転戦することになる。

太平洋戦争(当時は大東亜戦争と呼んだ)の始まる前年の昭和十五年(一九四〇)三月三日、神戸詩人事件が起きる。これは詩誌「神戸詩人」に拠った〈神戸詩人クラブ〉のメンバー、とくにモダニズムの詩を発表し、批判精神を根底においていた詩人たちを兵庫県警特高課が検挙した事件である。竹内武男・小林武雄・亜騎保・岬絃三の四人が中心となって〝反ファッショ人民戦線を展開、天皇制の打倒を目的とした言動をなし、さらに姫高ヒューマニスト同盟を指導した〟というのである。十四人の詩人が検挙され、虚偽の自白を強要された。竹内武男は懲役五年、小林武雄は懲役三年の実刑を受け、亜騎保・岬絃三・浜名与志春などは懲役二年(執行猶予三年)の判決を受けた。他の詩人は不起訴となったが、神戸詩人クラブに加盟していた姫路高等学校生や神戸商大生などは懲役二年(執行猶予五年)の判決であった。思想犯罪に対処する特高(特別高等警察)のでっちあげた事件であった。

「シュールレアリスムなど訳のわからぬ詩を書くということ自体が反体制であり、

賛成か、反対か、があるだけで、中立など今日ではあり得ない、という時代だった」とは、後年において小林武雄さんが述懐した言葉である。

戦地にあった広田さんは、この年の六月中旬、詩友、沢田良一の妹さんから手紙をもらい、この事件を知ったという。この頃から、可愛がってくれていた連隊の副官は、広田さんのことを〝うちの共産党〟などと冗談半分に呼んだりしたという。暗い時代であった。

神戸詩人事件のあった翌昭和十六年、詩人は前線より帰還する。しかし、その直前にマラリアに罹り、また結核菌に侵され発病していた。以後、キニーネやストレプトマイシンと仲良くせざるを得なくなったが、晩年、耳が遠くなったり、物が見えにくくなるのはこのせいで、薬害により血管もはやく老化し、死にいたる脳梗塞発病の原因となった。神戸詩人事件で詩友たちは獄窓に呻吟したが、広田さんもまた辛い戦場での青春を送り、鉛いろの冷えびえとした荷物を終生背負わされたのだった。

帰還した年の十二月、森本まさ子と結婚、音楽論集『不逞な鶯』を刊行する。わずかな日だまりの中でほっとする間もなく、太平洋戦争が始まり、翌年、神戸警察に検挙され、留置される。婦人会でした講演の内容が穏当を欠く、というのが原因、ということになっているが、神戸詩人事件が何となく暗雲のように灰いろの影を頭上に投げかけているのだ。間もなく釈放されるが、マラリアの発作がこのために一段と激しくなった。そして翌年、木材統制組合に勤めだしたのも束の間、三月に再び召集される。

二十年八月、敗戦。十月に南朝鮮より復員、列車で広島を過ぎる。

〝窓ガラス一枚ない夜汽車で広島を通ったが、広島には何もない。あの荒涼とした世界を見た時、ほんとうに日本は負けたんだなあと、この灰の中から、いったい日本はどのように復興し得るのか、と、痛切に感じたのはその時だった。生きていることが大切なんだなあ、しみじみ、ほんとうにそう思ったのが、広島を通った時だ。人間の生命の在り方の根本的なものに、さあっー、とふれた思いやった。その時から、ぼくの詩が少しづつ変わっていったのかも知れない……。〟

その時のことを、広田さんはこのように語っている。

眼をとじると
一つの街が灰色になる

それは重い石の拒絶であった
向う側のない壁の前で
もうそろそろ　わたしは石からおりて
雨のふる巷へ帰らねばならない
古いむかしの形見になった人たちの名も
刻まれた石から消えかかっているように
悔恨をぬらす雨の中で
瞼の底を流れおちる孤独の歌を
おまえに渡しておきたいものだ
灰色の坂道をおりながら
灰色の雨にぬれて
なぜ人は言葉を失ってしまったのか
せめてはそれが美しいものへの祈りならば
街角をまがって明日につながろうものを——
雨は石の中にまでしみ通り

袖をぬらし
灰のなかに埋れた街は
ただひたすらに明日を求めているのではないのか
せめてもの小さな火で手をあたためるように
言葉にならぬものの姿を
残してからわたしは去るだろう

（「形見わけ」）

広田さんが渾身の力をふりしぼって〝シュールレアリスムやモダニズム詩に魂を吹き込む作業〟に打ち込む舞台となった『ＭＥＮＵ』は昭和三十二年（一九五七）十九号をもって終刊となった。戦地から持ち帰った結核が再発、悪化したためであった。

広田さんの詩は屈折が激しかった。つねに文明批評を詩の根底として考え、ウインダム・ルイスの〝風刺をのぞいて芸術は存在しない〟という論理や、エズラ・パウンドやオーデンの詩の形態にも影響を受けたと話しておられたが、そういうものからの脱出あるいは異なった世界の創造のためにも腐心された。そして第一に考えたことは、彼らと同じような道を歩かないことであり、第二には批判性を強調するために、情緒を極端に棄てることを自らに課した。また、ポジティブな世界をネガティブな世界におきかえようともした。このような方法論が、広田さんの屈折の多い難解な長詩を生みつづけることになったのである。

広田さんは昭和四十九年(一九七四)一月九日の朝早く脳梗塞で死去するが、前後して明石豆本ランプの会よりエッセイ集『退屈なメモリア』が刊行される。発行の日付けは昭和四十八年十二月一日となっている。このなかの「舌たらずの諧謔談義」で、美学的に影響を受けたハーバード・リードの言葉を引用して、広田さんは次のように述べる。

〝詩という芸術は「知性の生活こそ唯一の実在であり」「精神と感情の本性—詩人をして人間の心の神秘さの中に深く沈潜させるかくれた活動—を規定する困難な芸術であると思う」とリードは言う。そして「かかる探求が抛棄され、詩人がすっかり民衆の足なみに身をまかさないかぎり、詩は決して再び民衆のものとはなり得ない」けれど、詩が本質的に単純であり、無技巧であり、心の自由な表現であるとしても、自然と人生はそのかかわりにおいて非常に複雑なものとなっているから、「どうしても複雑で難解な言葉で」表現せざるを得ないのだ〞

「ぼくの詩は二回転してるんや」

と、広田さんはよく口にしていたが、屈折の激しい複雑で難解な彼の詩を解く鍵はこんなところにあった。しかし、前に掲出した詩「形見わけ」は、それほどの屈折もなく比較的平易な言葉で書かれている。難解さを超克した平明な詩といっていい。ここには、彼が〝人間の生命の在り方の根本的なものに、さあっー、とふれた〟あの廃墟のヒロシマが、影絵のように浮かび上がっていて、「人間の心の神秘さの中に深く沈潜」した作品になっている。この詩は、昭和五十一年（一九七六）十二月に刊行された遺稿詩集『とらわれの唄』の最後に収録されているものだが、私は、私などに向けての遺された言葉として受けとっている。

昭和三十九年（一九六四）の早春、雪のちらつく寒い日であったかと思う。詩友の中村隆君（故人）とともに明石市藤江にある結核療養所・明石保養院に広田さんを見舞った。広田さんは昭和三十三年九月以来、八年間にわたってここで病を養われた。保養院のすぐ南は海岸。高さ十数メートルの海食崖がつづく藤江の浦である。土地の人は屛風ケ岩と呼んでいる。

荒栲《あらたえ》の藤江の浦に鱸《すずき》釣る泉郎《あま》とか見らむ旅ゆくわれを
沖つ波辺波《へなみ》静けみ漁《いざり》すと藤江の浦に船そ動《さわ》ける

柿本人麻呂・山部赤人の羈旅歌である。藤江の浦は『万葉集』だけではなく『新古今集』や『玉葉』などにも詠まれていて、ここは景勝の地であるとともに歌所でもあった。

療養中の広田さんであったが、話題が詩のことに及ぶと、言葉が奔出し、溢れ出る。

〝小林（武雄）がこの前やってきて、「現代詩に未来がない、というのが一つの課題や」と問題を出しよった。現代詩に未来がない、ということを考えるとき、先ず、現代詩とは何かが問題になる。そして、それは、詩とは何か、であり、現代とは何か、であり、そして、詩が現代にいかに関わるのか、ということになる。そして、それは結局文明論になり、現代の文明には未来がないということになる〟

〝現在のアメリカ文明、資本主義の物質文明には未来がない。コミュニズムが追い求めているものも同じじゃないか。要するに物質文明を追い求めている。だから、それもアメリカの線に追いつけず結局はゆきづまる。だから、現在のこういう物質文明には未来がない。というのが文明批判の一つのかたちや。だから、そういうものが現在の詩の中にどれだけ反映されているか、反映されていなければ現代詩やない、というのや。その問題は、しかし、既にぼくらが昭和十二年頃に話しあってきた問題や〟

〃ぼくの詩は悪詩ということになっているが、何故ぼくがそんな詩を書き出したかというと……動機はウインダム・ルイスとの出会いだ。ルイスの言っているのは、物質文明・物質追求の人間の世界のさきには、だんだん、現在の芸術は必要でなくなる。芸術を必要としないところの人びとの世界がくる。その場合、芸術はいかにして残るか、というと、そういう世界がいかに人間として索莫とした世界であるか、ということを描くことしかない。そういう表現をするということになったら、それはひとつの風刺や。だから風刺をのぞいて芸術は存在しない、というのがルイスの論理や。そういうものに当時のぼくらは非常にショックを受けた。それが、ぼくの饒舌詩論の根底になったわけや〟

〃当時、われわれがとらえていた問題は現在でも同じようにつづいている。文明批判の問題が（詩の根底に）あるということだ。…そういう点からいったら、現代詩を支えているものは思想や。その場合の思想は、人間の生きた、なまの思想で、イデオロギーではない。…イデオロギーというのは回答が先にちゃんと予定されていて、用意されている論理や。そんなものを追い求めていっても仕方がない。……そんなものじゃなく、人間そのものの未知数というものを含んだところの思想でなければだめや。そこに人間のパーソナリティ、個性の問題がでてきたわけや。あの当時、ぼくらが人間のパーソナリティとかオリジナリティを取り出してきたのはそこなんや。〃

広田さんの声はときどきかすれた。そして頻りに咳き込んだ。しばらくの沈黙があって、広田さんは、ふとこのように洩らされた。

「最近では(詩を書くとき)こんな(方法論的な)ことあまり意識しないな……」

広田さんは、その頃、中村君や私たちの雑誌『輪』などに一連の作品〈植物誌・断片〉を書きついでおられた。「鬼枸杞」「石斛」「へくそ葛」「ひがん花」「佗助」「山帰来」「石蕗」など、後に詩集『わが伝説曲』のなかに収録される諸篇だが、これまでの難解な広田詩の系譜の延長線上にあるものとしては、かなり平易で屈折も少ない。そして、人間の存在そのものの悲しみの底に深く言葉の錘を沈める、といった風情の詩群であった。私も中村君も、それらの詩篇が従来の広田詩よりも好きであった。おそらく、これまで意識して圧殺してきた情緒が、行間に、淡く滲み出ていたせいかも

知れない。日頃、同人間でそんなことを話題にしていたが、そんな話しをすると、

「二回転やのうて、半回転や……」

ポジティブな世界をネガティブな世界におきかえようとするような詩法を意識的に使うのが「めんどうくさくなったんや。楽屋まる見え、フケが落ちると毛も抜けよる」と、面白そうに笑っておられた。

これは、その場で話題にはしなかったが、西脇から明石保養院のある、海風のやわらかな古くからの歌の名所・藤江に移ってきて、広田さんのうちらに何か動くものがあったのではないか。それかあらぬか、広田さんはこの頃から、詩やエッセイ以外にたくさんの俳句をノートに書きとどめ始められている。また唐詩の和訳をも試みておられる。

これは、別の場面のことであったか、

「シュールレアリスムと、日本の土着の思想とでもいったものを、結婚させたいと思ってるんや……」

と、広田さんはぽつんと呟かれたことがある。内容の稀薄な形骸化したモダニズム詩について舌たらずの異議を申し立てた私にである。直接のこたえではなかったが、

それはいつまでも耳の底に残っている。

また、広田さんの作品のなかに「神」が時に姿を現す。そしてそれは、批評の方法としての比喩やアレゴリイの質を形而上的な高みに吊り上げるモメントとなる。おそらく、愚かな人間をとりまく、どうしようもない環境や社会状況、その醜悪や汚濁を冷酷に批評し去るのみではなく、その人間の愚かさを悲しみながらも何故かで許し、その卑小な存在の一人でもある詩人が、「神」という大いなる存在に位置して観想しながら祈る、その祈りの言葉が、晩年の広田さんの作品なのであろう。

明石保養院を昭和四十一年（一九六六）に退院した後、広田さんは神戸市垂水区星陵台の暖い日差しに包まれた美しい庭をもつ新居に転宅、自宅療養しながら詩を書きつづけられたが、また後進に強い影響を与え、〝言葉にならぬものの姿を残して〟昭和四十九年（一九七四）一月九日、午前五時二十五分、彼岸に〝去って〟いった。

モダニズムの訳語である〈近代主義〉あるいは〈現代主義〉については、多様な解釈があって概念規定もまた曖昧といえる。しかし、〝シュールレアリスムと日本の土着の思想を結婚させ〟ることを考え、詩を〝祈り〟に昇華させていった広田善緒の生涯をたどっていくとき、優れたモダニストの一典型をそこに見ることが出来ると考えるのは、私一人ではあるまい。（神戸におけるモダニズムやシュールレアリスム詩を考えるとき、竹中郁・小林武雄・亜騎保、その他の詩人についても触れる必要がある。いずれ稿をあらためたい）*

（「歴史と神戸」209号・一九九八年八月）

＊『神戸の詩人たち』二〇〇二年三月（編集工房ノア）発行。

船場に生きた人々——講演

はじめに

伝統のある清交社でお話しろということでお招きいただきまして、光栄に思っております。私のような弱輩がこういうところで、しゃべらしていただくというのは、本当に希有なことでございます。

先ほどもお向かいの吉本（晴彦）先生から、神戸にいて大阪のことよく書いたなあというお話もございましたが、実際、私は大阪のことはずぶの素人だったのでございます。たまたま約十四、五年前に神戸支社（大阪ガス）から本社の方へ転勤してまいりました。神戸は空気がよくって、うまいものが安く、なんとなくセンスのある町と思いこんでいましたので、どうも大阪に通うのが面白くないといった気持ちでございました。私は阪急電車で通っていたのですが、神崎川の辺りまできますと、非常にひどい臭いがいたしますし、空もどんより曇ってまいります。さらに梅田で降りまして淀屋橋まで御堂筋を歩いていくわけですが、何万というサラリーマンの群衆が梅田で降りまして、どんどん南へ向かって歩いている。私もその中の一人でございますが、なんとなく屠所にひかれる羊のようで、あまりいい感じではございません。しかし、がんばってやらなければと思いながら、毎日梅田から淀屋橋を往復していたのでございます。

淀屋と淀屋橋

その往復の途中、常に淀屋橋がなんとなく気になっておりましたが、ある日、たまたま橋の南側で淀屋の屋敷跡という碑に出会いまして、ああ、ここに淀屋の屋敷というものがあったんだなあと思ったのでございます。しかし、淀屋の屋敷というのは一体何なんだろう。全然、大阪のことは知りませんので、心にかかっておったわけでございます。近くに図書館がございましたので、ある日、ぶらぶらと散歩がてら図書館に入りました。あそこには郷土室というのがございまして、大阪の本がたくさん詰まっております。そこで、いろいろ引っ張り出して見ているうちに淀屋というのが、だんだん分かりかけてきました。

これは、すでに皆さんご存じのように、江戸時代の初期に淀屋岡本常安という人が、あの辺を開発しまして、それから淀屋が非常に成功していくわけなんですが、その淀屋という人が自分の橋を架けたわけでございますね。淀屋が架けた橋なので淀屋橋なんだということも分かってきました。この淀屋というのは、大名貸なんかもやりまして、非常にお金を儲けられた方なんですが、ついに五代目の岡本辰五郎広当の時代に過奢といいまして、非常に過ぎた奢りをやったというんで幕府から咎められました。また、謀書、謀判といいまして、何か悪いことをやって儲けていたんだろうとか、あるいは天井の上にギヤマン——ガラスを張りまして、その中にランチュウのような高価な魚を飼っておったとか、そういうふうなことを問題にされました。そして闕所になり、大坂三郷を追放になる。財産もみな取り上げられたのでございます。しかし、それは、どうも幕府の謀略じゃなかったろうかという節がございます。大名貸をやっておりましたので、西国の大名が非常に貧窮いたしまして、しかも淀屋を儲けさせておる。これは淀屋一つをつぶせば西国大名がみな助かる。しかも、それは幕府の基盤を安定さすんだというようなことであったようでございます。

そういうことが、おぼろげながら分かってきますと、この大阪の町がダイナミックな面白さを内蔵しているのではなかろうかというように思ったわけでございます。

二足のわらじ

しばらくして、図書館に行ってみますと、こんどは鴻池の話が出てまいります。これも面白い話なんです。清酒というものは、この鴻池が最初に発見したんで、それまでは、日本人はドブロクを飲んでおったんだ、というようなことが分かってきました。たまたま、この鴻池が伊丹で酒造業をやっておりましたところ、下男が主人に怒られて腹いせに、その酒の樽の中に灰をぶちまけたわけですが、そのために濁酒が清酒に変わったというふうな話なのです。なるほど面白いなあというようなことから、だんだん調べていっておりました。

それは、私が大阪に変わりまして一年ぐらいたったのちでございますが、私の勤めております大阪ガスに「ガス灯」という社内誌がございまして、そこの編集者で、係長の横山勝之君と一杯飲んで、大阪という町は面白い町やでと、俺もだんだん分かってきたで、と話をしたところ、いっぺん君「ガス灯」に連載で書いたらどうや、ということになったわけでございます。また、たまたま自分の会社が船場の中に位置しておったということも、入社してかれこれ十数年たってから、やっと初めて分かったというふうな、非常に不勉強なことでございましたが、船場という町が奥深い面白い町だなあと思うようになったのでございます。

そこで、毎日のように会社の帰りにあちこちうろつき、友人の横山君に言って、石碑だとか、神社、あるいは古い建物など、いろいろなものを写してもらいました。最初は東区だとか船場とかいう所はビル街だとばっかり思っておったのですが、案外そうじゃなくて、ビルとビルの谷間に小さな江戸時代の家がひっそりと眠っている。あるいは緒方洪庵先生の適塾などが眠っているという具合に、思わぬものが発見されるわけです。例えば南御堂の中には芭蕉の碑が残っておりますが、この辺りで、芭蕉が亡くなったんだという話……だんだん大阪あるいは船場に愛着がでてきたわけでございます。

さて、そうしているうちに、こんどは大阪町人が、あるいは町人学者というものが、なんとなく自分の心像にフッと合うような感じがいたしました。そして、それは先ほどご紹介いただきましたように、昔から私はサラリーマンであると共に、詩や小説まがいのものを買いたり、儲からんことをやっておったのですが、どうやら、そのこと、関係あるのじゃないかと考えました。サラリーマンをやりながら、ものを書いている、こういうのを称して〝二足のわらじを履く〟といいます。二足のわらじを履いているというのは、あまり、いい見方をされなかったのですが、現在では、割合企業もそういうことは許容しまして、むしろ幅の広い人間を、企業が喜ぶようになってきました。そんな時代になってきておりますが、戦前から戦後十年ぐらいの間はそうじゃなくて、むしろ企業そのものにべったりとした忠誠を励む方が望まれた時代でございましたし、二足のわらじというのは悪い意味で使われておったのでございます。ただ、本当に、この大阪のそういう町人学者というふうな人を見ますと、学問もよくやり、しかも商売もよくやっている。そして同時に両立させ、相乗効果のようなことも、そこにはある。というようなことを、自分自身で意味づけたんでしょうか、非常に興味をもちました。

町人学者　山片蟠桃

特に、山片蟠桃《やまがたばんとう》という方に共鳴するものがありました。有名な方なので、皆さんご存じだと思いますが、彼は播州高砂米田村の生まれで、十三歳にして船場に丁稚奉公にあがったんです。この人は非常に本が好きで、仕事が忙しいのに、一寸暇ができると、物陰に隠れて本を読んでいる。そのうちに本に熱中して仕事もおろそかになる。丁稚として最初に仕えた主人は、仕事もせずに本を読んでいる、そういう蟠桃を非常に困った男だなあと、日頃から注意して見ていました。仕事もし、本も読めばいいわけですが、蟠桃は本ばかり読んでいる。何度注意してもこの小僧は聞き入れませんので、ついに主人はクビにしてしまいます。ところが、この蟠桃が非常に本好きであって、しようがない小僧やなあということは、船場中に広がっておりました。捨てる神があれば、拾う神もあるといいますように、ここに理解のある升屋平右衛門重賢、両替商をやっておった中々立派な商売人でございますが、この人が面白い小僧だからと、むしろ自分から進んでもらい受けてくれます。もらい受けて、その小僧をどうしたかといいますと、当時、懐徳堂といいまして、町人のための学校が船場うちにありましたが、これは半官半民で、中々いい学校なんです。三宅石庵という立派な学者から始まって、当時は中井竹山とか、中井履軒だとかいうふうな先生が学主になっておられたのですが、そこへ、お前行って向こうで勉強せいと放り込むわけです。升屋平右衛門さんも懐徳堂に関係がありまして、色々と学校のお世話をしたりしておられたんでうまい具合にそこへ習わしに行かせたわけでございます。ここで、この小僧は丁稚のかたわら一生懸命勉強いたします。そしてついには晩年「夢の代《しろ》」という膨大な著書をあらわします。この本は、例えば「無鬼論」などに見られるように、要するに一種の無神論でございまして、世の中に化けものなんかいないというようなことも書かれておりまして、とても合理的なものの見方をした本でございます。ソビエトでは、この日本の町人学者のことを唯物論の初期の先駆的な仕事をした学者であると、非常にほめたたえて書いております。これはソビエトの科学アカデミーの哲学大辞典という本の中に、かなりのページ数をさいて書かれております。学者としては、こういう仕事をなさったわけです。

それなら、この山片蟠桃は全然商売をしなかったかというと、そうじゃなしに主人の知遇にこたえて真面目に、誠実に自分自身に与えられた仕事以上の仕事をいたしました。升屋平右衛門さんの店が、やや落ち目になってきた時代に、この山片蟠桃は誠実に、しかも、合理的にいろんな商いをやっていきますので評判になっていました。

当時、仙台藩は財政が窮乏いたしまして建て直さなければならないことになっていたのですが、建て直すのに適当な人がいない。調べてみますと大坂の船場に立派な商人がいる。これが山片蟠桃という商人だということが分かりまして、この蟠桃に升屋平右衛門を通じて、仙台藩は財政建て直しをしてくれというてきたわけです。

　蟠桃の通称は升屋小右衛門という名でございましたが、升屋小右衛門の蟠桃は色々と仙台藩の財政の状態を調べました。当時は米の経済でございまして、米を仙台から江戸に運びますのに、まず、仙台で米の検査をする。そして、銚子でまた荷の改めをする。そして江戸に着きますと、また江戸で荷改めをする。このように、再三、米の検査をするわけですが、これに人件費が非常にかかる。これが大きな財政窮乏の一つの原因になっているということが分かったわけでございます。

　蟠桃は、それでは升屋で米の検査を全部やりましょう。それには一銭もいらない。ただ一つ条件がある。当時は差米といいまして、米俵にさしというものをずばっと入れまして、中から米を出し、検査をして残った米は全部捨てたわけでございますね。条件というのは、その差米の権利を升屋にほしいといったわけです。升屋が差米の権利を得て、それをどうしたかといいますと、検査したのちの米は、ちゃんと残して捨てなかったのです。そうしましたら、これが年間六千両という大金を生んだというんです。それによって、仙台藩は立ち直っていきますし、また、升屋も一寸左前になっていましたが、それによって家産が立ち直っていく。こういうような仕事をやったのでございます。合理的な勉強をしてきた升屋小右衛門の山片蟠桃は、そのような形で、自分の実業の世界も、学問の世界も、両方同時に成功さしていったという町人学者で、これには非常に私は感銘を受けました。

自分は升屋の番頭である。だから蟠桃という名前をつけたのだ――と彼は言っておりますが、それほど自分は学問を片っ方でやっておっても、実業人として、升屋の番頭としてがんばっていくのだ――と。そういう一つの意志がそこにあるわけです。この人は兵庫県の人ですが、船場にいて、船場の人になりきっていった。やはり大阪人らしい大阪人じゃなかろうかと思うんです。

俳人　小西来山

しかし、ここに一人、大坂に生まれて、大坂で死んでいった俳人の小西来山という人がおります。この大坂では、いろんな文芸家が生まれ活躍していましたが、ご存じの西鶴だとか、近松は京都の方ですが、大坂でも非常に活躍なさった人で、西鶴、近松といえば大坂を代表する文芸人だと、思いますが、そういう人だけじゃなしに、小西来山という方がおられるわけでして、この人の碑が、いまでも四ツ橋の交差点の緑地帯にございます。「すずしさに四つ橋をよつわたりけり」という句でございます。当時むこうには川が十文字に流れていて、橋が四つ架かっておりましたが、酒の好きな小西来山が酒を飲んで、風が涼しいので四つ橋を一つずつ四つとも渡ってしまったという句碑でございます。こういう碑も現在ちゃんと残されております。これはやはり大阪市民が非常にこの人を愛してきたのじゃなかろうかと、私思っておりますが、この人の句を若干ご紹介いたします。

「宿のない乞食も走るむら時雨」

という句がございます。これは、どういう句かといいますと、乞食自体は実際、宿なんかないのに、時雨がくると走り出す、一体どこに雨を避けようというのか、なんとなく滑稽で、しかも少し悲しいというふうな句でございます。この句に付随して、彼に、面白い話がございます。この人は、近世奇人伝――これは江戸時代に出た本でございますが――にのせられておる人で、江戸時代の奇人の一人だと言われております。

当時は火事が多うございまして、宝永五年、一七〇八年でございますから、約二七〇年くらい前のことでございますが、宝永の大火というのが大坂でございまして、このときに平野町二丁目（淡路町二丁目とも）に住んでいた来山も焼け出され行方不明になる。彼は俳句の先生で、たくさん弟子がいます。当時は俳諧だけでメシが食っていけた時代でございました。この小西来山は家を焼け出されまして、どこへ行ったかわからなくなります。それで弟子どもが、あちこち探し回るんですが、いっこうに来山がいない。それで、やっと探し当てますと、広田の森というところに非人小屋がたくさんございまして、ここで乞食を集めて俳句の先生をやっているのですね。これは、もちろん一文も乞食から金を取らずに、飯だけ食わせてもらって、のほほんとやっておるわけですが、この人はお金とか地位とか、そういうものに目もくれずに、生涯を送った人だったのですね。

また、こういうふうな句もございます。

「お奉行の名さへおぼえずとし暮れぬ」

これは、とても有名な句でございまして、大阪の方はみなご存じだと思います。地元の大坂奉行の名前もわしは知らん間に年が暮れてしまったという句で、しかも、そこには〝大坂も大坂、真ん中に住みて〟という前書きがあります。大坂の中心街に住んでいるのに、お奉行の名も知らんと年も暮れてしまったという句で、これは、いまの言葉でいいますと反権力的といいますか、お上を恐れぬ所業といいますか、そういうふうな句を作ったんで、大坂三郷から追放されたというようなことがいわれております。しかし、これは伝説的な要素が強うございまして、そうではないんだということもいわれております。どちらにしましても、この人の豪放らいらくな、あまり小事にこだわらずにやっておった様子がよく分かるわけでございますね。

来山を、私がなぜ大阪人らしいかと申しますと、いまいったように権力にこびたりせず、名誉や地位にこだわらなかった。しかもまた、乞食と一緒に俳句をやっていたなど、裸のような心を持っていた。

そしてまた、この人は非常に母親を大事にしました。

「幾秋かなぐさめかねつ母ひとり」

また、

「今日の月只暗がりが見られけり」

というふうな句もございます。この「幾秋かなぐさめかねつ母ひとり」といいますのは、この人は非常に母思いで、しかも、お父さんは早く亡くなっておりましたので、母親を大事にしておったんです。大体、芭蕉が活躍した時代の人でございますが、当時の風潮としまして、俳人はみな全国を遊行して、いろんな経験の中で俳句を作ったんでございます。この句は来山の友人の大淀三千風が全国行脚の旅に出かけようとしていたときに餞として作ったもので、どういうことかといいますと、お母さんを慰められないので、自分は漂泊には出ないけれど、元気で行っていらっしゃいというふうなことをいっておるわけですね。

また、あとの句の「今日の月只暗がりが見られけり」には前書がございまして、「母に別れて大酔に及ばぬとき以外は夢に見ぬことなし」とあります。お母さんが亡くなられまして、酒に酔っぱらったときは夢はみずにすんでいるが、しらふで寝たりしますと、母親の夢ばかりみて、どうしようもなかったという句でございます。非常に母親思い、人情深い俳句でございます。

また、当時は談林風の俳句というのが非常にはやっておりまして、これは流行を追うような、あるいはモダンなといいますか、あるいは突拍子もないといいますか、そういうはやりの俳句だったんです。この来山も談林の派に入っておったのですが、彼自身はそうじゃなしに、芭蕉の蕉風に近い、人生の観照というか、自分自身の誠実な生き方そのものを俳句にするというふうな俳句をずーっと続けていかれるわけです。最後には今宮に十萬堂を建てまして、そこで弟子たちを育て、亡くなるわけですが、この俳人の中に、私はまた一つの大阪人のいろんないい面があるというふうに思いました。私にとっては有名な西鶴だとか、近松よりもむしろ好ましい文学者でございます。

蘭学者・医学者 緒方洪庵

船場で活躍していた人をながめていった場合、欠かせないのは緒方洪庵先生でございます。蘭学者であり、医学者でもあったこの高名な人が、自分の傍らに自信を戒めるためのいろんな言葉を書いて置かれておりました。これは自分の言葉ではなしにフーフェランドというドイツの医学者の言葉を日本語に訳して置いておったのです。「扶氏医戒之畧」というのですが、これは非常にいい言葉で、いまのお医者さんも、こういうのをはたに掛けておられたらいいんじゃなかろうかなあと思ったりいたしました。二、三ご紹介いたします。

「人の為に生活して己の為に生活せざるを医業の本体とす」

自分自身の為に生活するんじゃないのだ、人の為に医者は生活するのが本体なのだ、
ということでございます。そして、

「安逸を思はず、名利を顧みず、唯己をすてて、人を救わんことを希ふべし。人の生命を保全し、人の疾病を復活し、人の患苦を寛解するのほか他事あるものにあらず」

人の病気を治すこと、もう、それ以外は何もないんだ、お金のことなんか考えるなというふうなことなんですが、また、こういうことも書かれています。

「病者に対しては唯病者を視るべし」

病人に対しては、ただ病人をみただけでいいんだと言い、あとにこう書いております。

「貴賤貧富を顧ることなかれ。一握の黄金を以て貧士雙眼の感涙に比するに、其心に得るところ如何ぞや。深く之を思ふべし」

というふうなことで、お医者さんが貧しい者だとか、あるいはお金持ちだとかということで病人をみたらいかんと言っておられるわけです。さらに、

「病者の費用少なからんことを思ふべし。命を与ふるとも、命を繋ぐ資を奪はば、

亦何の益かあらん。貧民に於ては茲に斟酌なくんばあらず」

病人を助けても、その病人が貧乏であれば、たくさんの費用を奪ったら、その病人は生きててもどうしようもないじゃないか、よう考えなさいというようなことですが、それを洪庵先生は常に傍らにそういう言葉を置かれて自戒をなさったんですね。

この方は足守藩といいまして、皆さんも昨年だったか見られた「おんな太閤記」の北政所のねねさんの実家が木下というんですが、その備中の足守藩はずーっと江戸時代続いていくわけですが、その木下家の下級武士の子供であったんです。お父さんは足守藩の大坂蔵屋敷の、留守番をやっておりまして、そこへ緒方洪庵も一緒にきておりました。洪庵先生が残しておられものを読みますと、体の弱いせいで、武道も、あるいは学問の方もできないんだというふうなことを、言っておられます。この緒方先生がたまたま大坂の蘭学者であり、医学者であった中天游《なかてんゆう》を知りまして、その門下に入って医学を習い、蘭学を習い、そして最後には適塾まで開いていかれるわけなんです。非常に貧乏で、この間江戸の坪井信道先生のところにも勉強に行くわけですが、義眼づくりのアルバイトをしたり、玄関番になってお金をかせいで、それを生活の資にしたり、あんままでやって学資をかせいだりいたします。坪井信道先生がかわいそうに思って、自分の着物を与えたら、洪庵先生は背の高い方で、また坪井先生は背の低い方でございましたので、与えられた着物はスネぐらいしかなかったのですけれども、平気でそれを着てがんばったということが書かれています。

適塾と福沢諭吉

洪庵先生は有名な方ですけれども、これを助けた奥さんがまたとてもいい奥さんだったんです。八重という方で、福沢諭吉が「福翁自伝」という本に色々と書いておられます。諭吉もやはり適塾の塾生でして、非常に八重さんのことを、懐しく回想して書いております。適塾はいまは開放されておりますが、私が十一年ぐらい前に取材させてもらった当時には開放されておりませんでして、船場の古老で「船場の会」代表の横山三郎さんという方に世話をしていただきまして、阪大の方にお願いして中を見せてもらったんです。

二階に塾生の大部屋がございますがこの大部屋の柱に刀傷があるのでございます。塾生たちは血気盛んで、しかし金はなくって、若干酒ぐらいは飲んでおりましたけれども、そういうようで精力のはけ口のために、刀を振りかぶって柱に切りつける。そのようなことをやっておったんでしょうが、柱がささくれ立っておりまして、非常にビビッドに、生き生きとその当時のことが分かりました。

夏なんかは、塾生はみんな裸で暮らしておったんだそうです。といいますのはシラミがわいて仕方がない。着物を着てますとシラミ退治に困るんで、裸で勉強しておったというようなことも書かれております。特に面白いのは、奥さんが狭い階段の下から「福沢さん、福沢さん」と呼んだんですね。ところが諭吉は、女中が呼びにきたんだと思って、裸のまま——本当にオチンチン放り出した素っ裸で階段を「なんだ」と下りて行ったら、そこに奥さんが福沢諭吉に用事があって待っておったのです。諭吉はびっくり仰天して、どうしようもなかった。奥さんがなくなってのちに、とうとう奥さんにそれを謝まる機会がなかったということも書いてございます。

また、適塾の辞書を置いた部屋（ズーフ部屋）の奥に階段がありまして、上がって行きますと物干台があります。ここでみな夏は涼んでおったようでございます。女中やら下男たちがそこで涼んでおりますので、塾生たちはそこで涼めない。特に一杯飲んでおりますと、暑くてかなわない。なんとか物干台を占領したいというんで、連中は素っ裸になって物干台にデーンとひっくり返るわけです。そうすると、女中なんかは素っ裸の男が前におるものですから、びっくりして、どうしようもないんで逃げていく。そのあとで涼しく酒をそこで飲んだというふうなことも「福翁自伝」の中にございます。

このように破目を外しがちな塾生たちと洪庵先生の間に立って、八重夫人は塾生たちのことを考え、塾生たちをかばいます。のちに立派な蘭学者になる伊藤慎蔵なども随分面倒をみてもらっております。いい仕事をなさる方の奥さんというのは、やはり、それだけ内助の功があったんですね。

また、この八重さんのお父さんは億川百記といいまして、いまの西宮市にある塩瀬というところの紙すき（名塩紙）の出なんです。当時は紙すきは非常に儲けが大きかったようで、この億川百記という方は常に大坂へ紙の商売に出てきておったようでございます。と申しますのは、この人は塩瀬でただ単に紙すきをやるだけじゃなしに、医者の業もやっておったようでして、紙を売る仕事と自分の医業を向上さすために緒方洪庵の先生にあたる中天游のところに出入りしておって、そこで洪庵を見込んで自分の娘と結婚させるわけです。先ほど申し上げましたように洪庵というのは貧乏でして、しかも中天游先生のところで勉強するだけじゃなしに、江戸で坪井信道に弟子入りしたように、長崎に行って蘭学をもっと勉強したいと思ったんですが、残念ながら行く費用がありません。その費用を作ったのが億川百記です。億川百記という後援者がいなければ――いなくっても、もちろん洪庵先生は大をなしたでしょうけれども、億川百記がいたために、より勉強ができた。そこに、やはり優れた後援者があって、はじめて洪庵先生の業も大きくなったんだろうと思います。

いま、福沢諭吉の名前が出ましたが、調べてみますと塾生ではほかに大村益次郎、大鳥圭介、橋本左内、佐野常民といった、いわゆる明治維新のときのそうそうたる人物が塾生であったことが分かるわけでして、ここにまた緒方先生の仕事は単に医業だけでなしに、人材を養成して、しかもその養成した人材が今日の日本の一つの基礎をつくった人たちであったということが分かってくるわけです。ときどき私は船場というところには、何か大きな力があったんじゃないかなあと思います。

豪商　住友吉左衛門

もう一つご紹介したいのは住友のことでございます。住友は銅で始まったわけですが、銅の吹き方をやったのが蘇我理右衛門で、泉屋寿斎ともいいますけれども、この人が業祖です。家祖は住友政友というんですが、どちらも姻せき関係になっていくわけですが、住友自体の家の系列では政友が祖先で住友の家業の銅吹きをやったのは蘇我理右衛門といいまして、住友家ではないんです。住友政友のお姉さんが蘇我理右衛門の奥さんであったというつながりで、ずっと、のちのち、この二家が一家になっていくわけです。蘇我理右衛門は銅吹きを白人に習いまして、銅と銀を吹き分けたという方です。当時の日本の銅は非常に銀がたくさん含まれておりまして、それを吹き分ける製錬の技術が非常に未熟だった。日本から室町以後江戸期にかけて、中国にたくさん銅が輸出されておりますけれども、その日本の棹銅の中には、たくさん銀が混っておったのです。これは中国の明時代に出ました「天工開物」という本、これは一種の百科事典ですが、その中にも、日本の銅をもう一度吹き直して、そこから銀を取って、銀は銀、銅は銅として売ったので非常に儲かったという記述がございます。それほど日本の製錬業は中国に比べれば未熟だったのですね。これを住友の業祖の蘇我理右衛門、泉屋寿斎という方が白人から習って製錬業を起こし、銀と銅を吹き分けて儲けたということが住友の社史には出てまいります。もう一つの家祖政友の方でございますが、この人は大体、最初は京都で売薬業だとか出版業をやっておるんでございますが、やはり立派な人で「文殊院旨意書」という家訓のようなものを残しております。その家訓を一寸ご紹介しておきます。

「人のくちあいせらるましく候」

いまの言葉に直しますと、他人の仲介をしたらいかん、あるいは他人の保証をしたらいかん、そういうことをやると、必ず大変なことがあとで起きるんだと言っております。また、

「かけあきないせらるましく候」

掛で商いをしたらいかん、ということで、いまではこういうことは通じないかもしれませんが、まあ手がたく商いをしろということでしょう。

ここに、もう一つためになることが書かれております。〝なんであれ、普通の相場より安いものを持ってこられても、本当の理由が分からなかったら、買ってはならん。大体、そういうふうなものは盗品である。〟というわけで、ぼろ儲けするようなことは、あまりせんと着実にやれ、というのでございます。また〝人がどんなことを言っても短気を起こしてはいかん。荒々しい言葉を使ってはならない。必ず何度も繰り返して、こちらの意思を詳しく伝えるようにしなければいけない。特に商売にかけては

そうだ。〟という訓えもあります。この寛永年間という古い時代に政友が書き遺した住友の家訓の主旨は常に守られまして、のちに明治十五年に制定された住友家の家法に生かされていくわけでございます。それは、

「我営業ハ確実ヲ旨トシ、時勢の変遷、理財の得失ヲ計リテ之ヲ興廃シ、苟クモ、浮利ニ趨リ軽進ス可ラザル事」

というのです。いわゆる浮利といいますのは、浮いた利益、不労所得に類した利益のことでございましょう。あんまり安いものを買うたらいかん、それは盗品につながっているんだというようなことを家祖の住友政友が言ったことを、それは現代的に表現したのでございましょう。今日の住友があるのは、過去における政友の家訓があって、それを、ずーっと守ってきたからだと言えるのではないでしょうか。

誠実ということ

この船場に生きて、船場で名をなして、なお、今日も後人に貴重な教訓を与え得るこういう人たちの生き方を考えてみますと、常に「誠実」に生きてこられた方ばかりであったと思います。この誠実というのは、だれのために誠実なのかということを考

えてみますと、まず、他人に誠実であるということが一つあると思いますが、単に他人に誠実であるだけではなしに、自分自身にも誠実であったということです。他人に誠実であろうとすれば、自分自身に誠実でなくなる場合もあるわけですが、その葛藤といいますか、相反するものの間で、色々と格闘しながら道を見出してきた人たち、それが私は船場に生きてきた人たちではなかったのではないかしらというふうに考えました。

それと、私たちがもう一つ考えていきたいことは、たとえばいま、大阪二十一世紀というふうなことで、いろんなイベントが行われつつありますし、今後もまだまだ行われると思いますが未来というものを見る場合、やはり過去をもう一度見直してみるということが、必要じゃなかろうかと思います。ただ、物質的なものだけで二十一世紀へのいろんなイベントをやっても、そこに心がこもっていなければ、それはそれでおしまいになってしまうんじゃなかろうかという危惧があります。

最後になりましたが、大阪にこさしてもらって本当によかったなあ。そして十数年間、大阪で色々見聞してみて、自分は本当に大阪という町、船場という町の中から数多くの教訓を得させてもらったなあ。言葉足らずでございますが、そんなことを色々思った次第です。今日こういうところにお招きいただきまして、お話さしていただいたということは非常に私にとって光栄でございました。本当にありがとうございました。

——昭和57年10月19日・午さん講演会
（「清交」453号・一九八三年四月）

橋上納涼——大阪八百八橋と水路

すずしさに四つ橋をよつわたりけり

これは、井原西鶴や上島鬼貫などとも親交のあった小西来山の句である。来山は承応三年（一六五四）大坂船場平野町二丁目に、薬種商小西六左衛門の長男として生まれた（『東区史』によれば淡路町二丁目）。通称は伊右衛門、十萬堂、湛翁、湛々翁などの別号をもつ。小西行長の後裔ともいわれる。七歳のとき檀林派の前川由平の門に入り、俳諧と書を学んだ。『今宮町史』によると、〝性質頗る慧敏で雅才に秀でて〟いたので由平に愛され、すすめられて〝更に西山宗因の直弟子に〟なり〝十八歳の時（寛文十一年＝一六七二）に早くも俳諧の判者となった。それに徴しても彼が尋常の俳人でなかったことが能く〃わかる、とある。

来山は松尾芭蕉とほぼ同世代で、元禄期に活躍した俳人の一人だが、その奇行においても有名だった。

宝永五年（一七〇八）十二月の大坂大火で来山の居宅も類焼した。以後、彼は杳として行方が知れなくなってしまう。門人たちが諸方を尋ね探し、やっと先生を見つけだしたのは、今宮・広田の森であった。当時、ここには非人小屋があって、来山先生は〃蓬髪襤衣臭気粉々タル非人ト相伍シテ俳句ノ点ヲ為シ居タ〃（『浪華人物誌』）という。

来山にはまた、「お奉行の名さへおぼえずとし暮れぬ」という句がある。〃大坂も大坂まん中に往みて〃という前書きのあるこの吟は権力ぎらいの浪花の人びとに喜ばれ人口に膾炙された。ついに当局もすてておけず、来山を三郷払い（大坂放逐）にする。正徳四年（一七一四）、六十一歳の還暦に今宮の十萬堂に移り、ここを来山は終のすみかにするのだが、これは、〃お奉行の名〃事件を契機にしてのことであった、と伝えられている。もっとも、これは〃後人の附会〃で誤り伝えられた説なのだともいわれているが、いずれにしても、豪放闊達にして、しかも強い反骨の持ち主であった。

「酒買にあの子傘かせ雪の暮」という句がある。来山はよく酒を愛した。酔って、真夜中、ひとり句を按じながら巷を徘徊していた。小役人に怪しまれ、住所氏名など根掘り葉掘り糾問された。来山の反骨の虫がまたうごめいて、口はいっこうに開かない。頑として話さなかったので、とうとう牢にぶちこまれてしまう。弟子たちは数日諸所を探したが行方はどうしても分からない。止むなく失踪者として届け出、はじめて居所が判明し解放される。〝人々獄中ノ憂苦ヲ慰メ訪フニ自炊の煩ナクシテ長閑ナリシト〟いったそうで、『大坂人物誌』は、〝磊落疎放敢て時流に拘泥せず〟と来山の人となりを称揚している。

冒頭に掲げた〝四つ橋〟の句、夏の夕べのひとどき、微醺を帯びたそんな磊落疎放の来山先生が、川風に頬をなぶらせながら、橋を四つ、ふらりふらりと渡ってゆく、そんな風景が眼前に浮かんでくる。

四つ橋は、もう随分以前に消えてしまった長堀川と西横堀川が、十文字に交叉する地点に架けられていた橋である。北側に架けられていたのが上繋《つなぎ》橋、東側が炭屋橋、南が下繋橋で、西が吉野屋橋、これらをあわせて四つ橋と称した。〝十字江流口字橋〟と詠じたのは漢詩をよくした春田壺処だが、『摂津名所図会』だったかで、当時の絵を見た時には、何となく井の字を連想したりしたものである。

天保の飢饉に私財を抛ち、その蔵書まで売り払って、窮民を救おうとした大坂町奉行所与力の大塩平八郎は、幕政批判の兵をあげたが敗れ、築地から小舟でのがれて来たのがこの四つ橋の下であった。そして潜伏再起をはかるために、ここで両刀を水中に投げ棄てた、という話がのこっている。

来山先生は〝涼しさに〟橋を四つとも知らぬ間にふらふら渡ってしまうのだが、黄門漫遊記では、光圀公、橋上の欄杆にもたれて夕涼みを楽しんでおられる。そして、お供のスケさん、カクさんに、川岸の民家のどれもこれもが、戸障子を開け放している不用心さについて語られる。ところが、これも〝涼しさ〟を求めて四つ橋に来ていた東町奉行所の与力に、この話を誤解されて夜盗と間違われ、三人ともども捕らえられるのである。

これらは、もちろん史実にない四つ橋に関わる〝おはなし〟である。ところが〝おはなし〟ではない〝うた〟が明治末年の大阪にはやった。

〝新町過ぎて四つ橋の／風景ひとめに見てわたる／線路もここは交叉点／水は十字に流れたり〟

という電車唱歌である。明治四十一年八月に大阪市電は開通したが、ここにあるように市電最初の唯一の交叉点が四つ橋であった。

この橋に対する大阪の町民・市民の愛着は江戸時代の初期から、どうやら昭和初期にいたるまで、随分とつよいものがあったようである。昭和六年（一九三一）に武田五一という工学博士が〝水の都大阪は、昔の浪速の津であり橋の町である。一口に八百八橋と云うには云ふが其精確なる数は到底知るによしもない……〟という書き出しで〝大阪の新しき橋〟という文章を書いている（「上方」）。この中で〝四ツ橋はジュネブ、（ジュネーヴ?）の町にある橋より外に見たことのない、詩趣の橋であるので橋体は鋼拱式ではあるが高欄は四つ共同意匠として石材と青銅で許される限りの日本式意匠を採用した……〟とその思いを述べている。この〝詩趣の橋〟もいまや幻影と化して久しい。

かつての水の都・大坂の夏の楽しみの一つは、橋上の夕涼みで、これは来山先生や水戸の黄門さんに限らなかった。大阪学の学究・宮本又次先生に〝水の都〟という小文があり、〝明治十八年に大川に架せる三大橋（桜宮橋、天満橋、天神橋）を初めその他の橋上には床几などを据えて客を待つ氷水屋があり、飴湯・甘酒・氷水等が鬻《ひさ》がれ、橋下には柳の葉がくれに涼み船が舳に灯を入れて客待顔であったが、氷屋はいつのまにか姿を消し、涼み船はボートに地位を奪われた……〟とある。これは昭和八年（一九三三）の文章である。

橋上納涼の風習は橋が耐震耐火にかわっていく大正末年ごろから廃れていくのだが、それまでは大阪市民の大いなる楽しみの一つであった。

〝見下す川面には、夥しき涼み船が上り下りして、暗い流れも灯す行燈にて明るく点点として絵の如き美しさであった。空には揚がる流星星降り、すだれ柳に白玉や緋鯉らんちゅう唐松葉等の面白き仕掛花火や打揚げ花火が間断なく燦めきて、更けゆく夏の水都夜景こそ他に比類なき誇であった〟

と、やはり昭和八年に日垣明貫氏が「上方」に書いている。

すこし遡った江戸後期、山陽外史・頼襄《のぼる》も〝浪花橋納涼七絶〟と題して橋の畔りの夕涼みの景色を次のように詠じている。

浪華橋畔夜如何　月到天心墜露多
嬌管脆絃船櫛比　満江無處着金波

浪華橋の畔りは夜如何
月は天心に到って露落ちること多し
嬌管脆絃の船は櫛比して
江に所なく満ち金波いたる

嬌は、なまめかし。脆は、柔美の意。この七絶を年来の詩友である各務豊和氏が意訳しているが、なかなかの名訳なので紹介しておく。

町の目抜きの浪花ばし
夜はいかがと出て見れば
月はや空に高くして
つゆもしとどに三味や笛
あだなる歌をのせてゆく
船は川面にひしめいて

天神祭の船渡御、川船による歌舞伎俳優の船乗り込み復活など、大阪の水路の使われ方には、まだ若干の情緒的側面がのこされている。また、近年では中之島界隈水辺の遊歩道などが整備され、市民の散策する姿もちらほらだが見かけるようになった。

大阪の都心部は、昼間人口と夜間人口の落差がますます酷くなる一方だが、人が住まぬ（あるいは住めぬ）都市は荒れざるを得ない。人が住める町にするためには、工夫がいろいろと為されねばならないだろう。大川の水は、かつて飲み水に利用されたことがあるのだ。汚れた川を何とか透明度の高い川に戻す必要がある。大阪の水路の浄化と活用は都市格を深める（大西正文大阪商工会議所会頭）ための重要なモメントとなるのではないか。

大阪八百八橋は、関東大震災を機に、耐震耐火のそれに変えられていったが、そこで考えられたのは、〝構造が〟〝科学的に見て充分保安の目的に達する〟こと。そして、〝都市の美観を構成する上に於て水の都の浪華の津にふさわしい外観をそなえて〟いること。この二点であった、と武田五一氏は言っている。

いま、〝大阪の新しき橋〟を考えるとき、そこに一点、付け加えるべきものがあるのではないだろうか。それは……多くの市民にとって、親しめる・楽しめる・橋上納涼なども し得る、人間交歓の〝場〟が設けられていること……。新しいそんな大阪八百八橋を私は夢想している。

（「ＣＥＬ」大阪ガスエネルギー文化研究所発行26号・一九九三年十一月）

伊勢田史郎年譜

伊勢田史郎（1929〜2015）

第一詩集『エリヤ抄』（1952年）出版記念会。前列左より金田弘、広田善緒、芦塚孝四、伊勢田史郎、中村隆…、元町グリル丹平。

後列、左から和田英子、桑島玄二、伊勢田、中村隆、前列左から、亜騎保、山田廸孝、小林武雄、丸本明子（昭和30年代）

「輪の会」例会、左から海尻巌、伊勢田、中村隆、岡見裕輔、直原弘道、倉田茂、丸本明子、なかけんじ、北見哲哉、1967年夏。

「輪の会」例会（93号合評会）を終えて。最前列、岡見裕輔（回復後初参加、夫人付添い）、前列（左から）坪谷令子、岡見夫人、山南律子、丸本明子、直原弘道、渡辺信雄。後列　北原文雄（新参加）、各務豊和、赤松徳治、伊勢田、倉田茂。花幟・甲子園店の前で、2002年12月15日

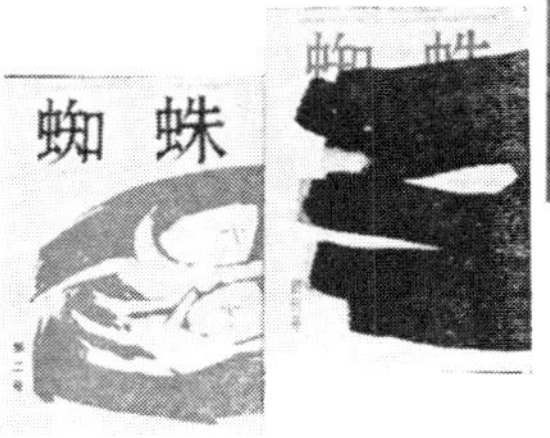

「蜘蛛」創刊記念会。右から二人目、伊勢田。
1960年２月

西脇順三郎を囲んで、「神戸現代詩講演会」
1964年６月20日

父の経営する旭洋ダイカストで施盤工見習いをした1946年（17歳）頃のものと思われる。

久保幸子と結婚。
1956年12月20日、27歳

子や孫たちと

豊原清明の第1回中原中也賞受賞式。伊勢田右隣が豊原と両親。1996年4月28日（山口市）

神戸ナビール文学賞
選考委員

富田砕花賞選考委員。
2011年11月

「詩誌蜘蛛の時代」安水稔和（左）と対談。2011年３月19日

小林武雄（右）と

NHK 文化センター（神戸）講師を退任。長年の「階段」誌仲間たちと。伊勢田前列中央、湊川神社楠公会館、2013年７月20日

仲間たちと山に親しむ

歴史散歩講師を長年つとめる。

一九二九年（昭和四年）　当歳

三月十九日、神戸市兵庫区芦原通にて父善太郎、母静子の長男として出生。自宅は兵庫の津に近く、真光寺という寺があった。

一九三五年（昭和十年）　六歳

四月、神戸市立道場小学校入学。校舎の東隣は時宗大檀林西月山真光寺（一遍上人入寂の地）。

〈真光寺は…時宗の檀林（学問所）…道場（修行の場所）となったが、寺に隣り合わせた私たちの学校の名は、これに由来する。…境内の一部を、樟の大樹たちが鬱蒼たる森を形づくっていて、秋が深まる頃になると鶫《つぐみ》がやってくる。…悪童三人組は、空気銃を小脇に抱えて、仄ぐらい樹間に身をかくす。…兵庫運河沿いの、淋しい貨物駅がある原っぱで、私たちは獲物をヤキトリにして賞味した」（「とおい霧笛」『門前の小僧』）〉

〈「まだ学齢に満たぬ頃、ポプラ並木の広い通りを、私は母につれられて、よく教会にかよった」（「母の力」「階段1号」）〉

一九四〇年（昭和十五年）　十一歳

三月三日、「神戸詩人事件」起こる。小林武雄、竹内武男、亜騎保、浜名与志春、岬絃三らが検挙される。「これは詩誌「神戸詩人」に拠った〈神戸詩人クラブ〉のメンバー、とくにモダニズムの詩を発表し、批評精神を根底においていた詩人たちを兵庫県特高課が検挙した事件」（「半どんの会」につながる文人たち〈三〉）

一九四一年（昭和十六年）　十二歳

三月、小学校卒業。

四月、私立育英商業学校入学。

父この頃、知人田村幸夫氏と旭洋ダイカスト㈱を設立。

〈「ダイカスト製造として神戸では嚆矢。…善太郎は兵庫県ダイカスト工業協同組合の初代理事長。季村淳一・初代事務局長。季村敏夫・二代目事務局長」季村敏夫『山上の蜘蛛―神戸モダニズムと海港都市ノート』より〉

一九四四年（昭和十九年）　十五歳

四月、学徒動員令で軍需工場（東洋ダイカスト）に動員される。

〈「航空機の部品を作っている東洋ダイカスト…は、神戸市兵庫区の南、和田岬の近くにあったが、翌年三月十七日未明の神戸大空襲で被爆し焼失してしまった。この日午前二時ごろ、アメリカ軍爆撃機B29の六十数機は、神戸に侵入、周辺部から都心にかけて、小型爆弾と焼夷弾による無差別攻撃を行った。三菱重工神戸造船所だとか川崎重工などといった軍需関係、あるいは港湾・運輸といった大動脈だけが爆撃されたのではなく、非戦闘員たる一般市民の住宅や生命もまた狙われ…。戦後に公表されているが、この日の死者二千五百九十八人、負傷者八千五百五十八人、家屋の全焼全壊六万四千六百五十三戸、被災者二十三万六千百六人とある」（「島田くんのこと」『美男と美女の置き土産』）〉

一九四五年（昭和二十年）　十六歳

三月十七日、神戸大空襲。学徒動員先の工場全焼。

同月、育英商業学校繰上卒業（四年）。

七月、東京都北多摩郡武蔵境、私立興亜専門学校（旧制、現亜細亜大学）大陸科入学。

八月一日、中島航空機工場に勤労動員。

八月十五日、敗戦。

〈「天皇の言葉をラジオを通じて聞いた。声が、はっきりせずによくわからなかった。だんだんとわかって、みんなといっしょに大声をあげて泣いた。今、考えると一種のヒステリックな症状である。何時も腹をすかせていて猛烈な訓練を受け、教育と云えば一方的な書物だけを中心にしてなされていたし、精神の状況は歪み偏っていたといっていい。しかもなおそういう状況の下に純粋であった。酒を班長（二年生）塾長（三年生）と飲んだ。五合ぐらいも飲んだであろうか。それから皇居前広場に赴いた」「終戦をどう迎えたか」アンケートに答えて「歴史と神戸」一九六三年三月〉
十月、帰神。以後、翌年にかけて体調を崩す。

一九四六年（昭和二十一年）　十七歳

三月、夢前町塩田温泉にて湯治。

〈「姫路市の北方にある夢前町に、天文年間に開かれたという塩田温泉がある。夢前川から東へ、およそ二百メートルばかり入ったところで、ここの上山旅館という鄙びた鉱泉宿に私は出かけた。…祖父は、林田村（現姫路市林田町）の出身で、この静かな湯治場をよく知っており、ここで私の心身の失調を癒することが出来るのではないか、と、父に強くすすめてくれたのであった。…放擲していた詩作のまねごとをもまた試みはじめていた。…私はここで心身のバランスを取り戻すことができた」（「小林武雄　存在の淵」『神戸の詩人たち』）〉

興亜専門学校（この頃日本経済専門学校に改称）を退学。

〈「神戸に戻って…父の経営する会社…旭洋ダイカストという従業員五十人ばかり…アルミ合金や亜鉛合金などを坩堝で溶融し、これを金型に押し込んで鋳物製品を作る…私は自ら希望して旋盤工の見習いにしてもらった」（「小林武雄　存在の淵」『神戸の詩人たち』）〉

四月、パルモア学院入学。学友に各務豊和、藤本義一（四十七年八月に詩誌「航海表」を創刊。竹中郁の指導を受ける）など。

八月、「火の鳥書房」を小林武雄（三十四歳）が開業。

九月、小林武雄、詩誌「火の鳥」創刊。執筆者は富田砕花、竹中郁、亜騎保、廣田善緒、井上靖な

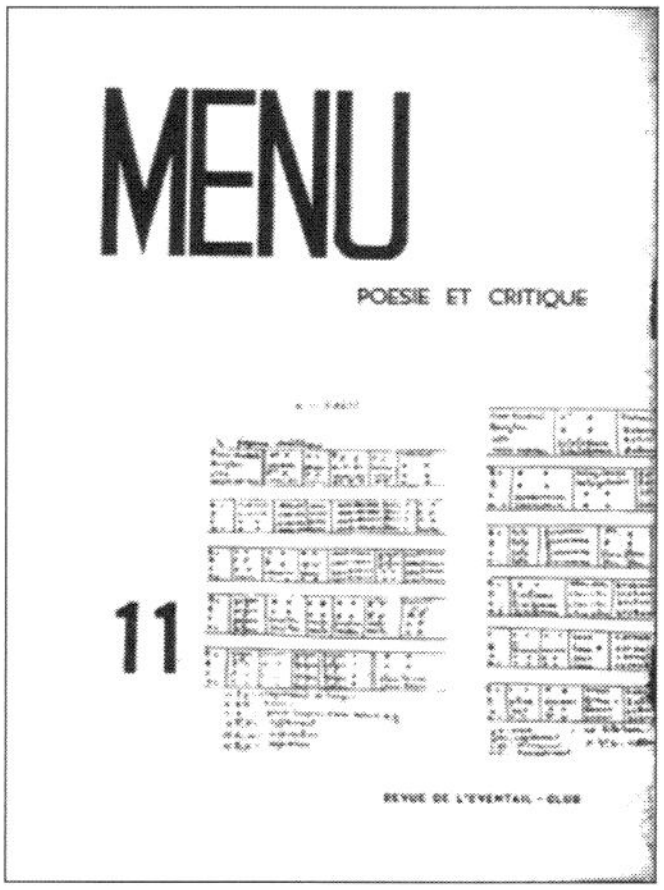

「MENU」1950年創刊

「ゆりかご」創刊号、1947年

ど多彩。この頃、小林武雄に書き留めていた詩稿の批評を受ける。以後師事。山本博繁、中村隆（クラルテ書房経営）を知る。吉田一穂『海の聖母』に遭遇。

〈「湊川トンネルを西へ約五百メートル行って、あまり広くない通りを南に入った二階建てのしもたやの並ぶ西側の、間口三間ばかりの小さな貸本屋、それが小林さんの住まいであった。／書き溜めていた若干の詩稿を私は見てもらった。ひとりよがりの晦渋な作品を、丁寧に読んで批評してくだすったが、それ以来、小林さんは私の先生である。…一篇の詩が結晶していくまでの心と言葉の過程を、分かりやすく噛んで含めるように説いてもらって、乾いた海綿が水を吸収するような感じであったことを、いまもって鮮明に思い出す」（「中村隆　不在の証」『神戸の詩人たち』）〉

一九四七年（昭和二十二年）　十八歳

四月、神戸新聞社入社。

「輪」創刊号、1955年５月

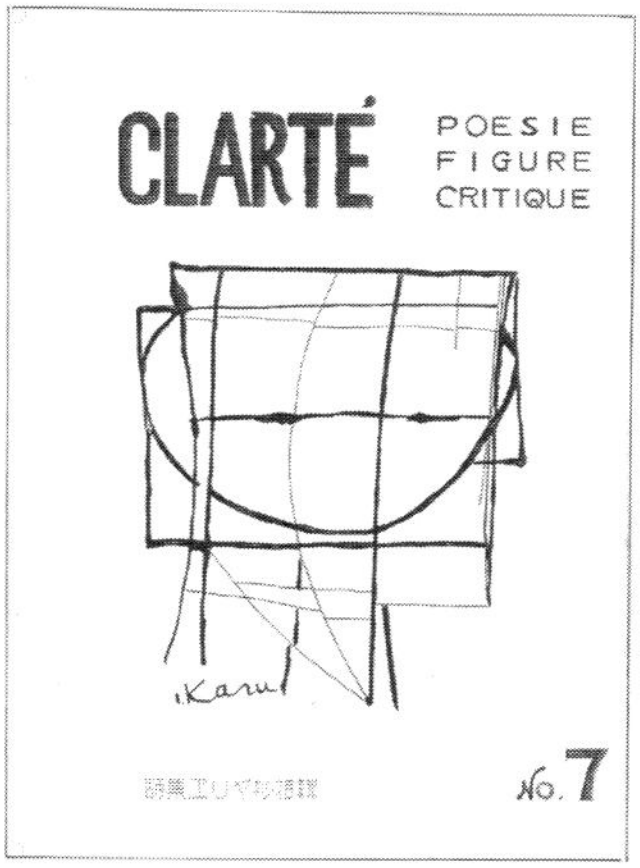

「クラルテ」７号『エリヤ抄』特集、1952年

五月、詩誌「クラルテ＝CLARTÉ」（中村隆創刊）に参加、作品発表。

六月、「ゆりかご」創刊、パルモア学院に通う伊勢田、各務豊和、黒石澄、藤本義一によるガリ版刷り同人誌（四号までか）。

一九四八年（昭和二十三年）　十九歳

三月、神戸新聞社退社。

四月、神戸春秋社入社。坂本真三、イワタタケオ、及川英雄を知る。この頃、「火の鳥」に足立巻一「俗世間書」。

十月、詩・小説・評論誌「反世代」（中村隆創刊）に参加。松平隆哉の評論「廃墟のヨブ」。

神戸春秋社では「尼崎濁酒《どぶろく》密造部落強襲事件」などを取材。

〈疾風怒涛《シュトウルム・ウント・ドラング》の時代だった。失業者は巷に溢れていたが、闇市にはPX（米軍酒保）から流れ出た食料品をはじめ豊かな物資が取引されていた。神戸の東（三宮、そごうの南付近）と西（新開地の東付近）には進駐軍キャンプ（兵舎）があって、パンパン（米兵相手の街娼）が黒人兵などと腕を組んで闊歩していた。暗い影と明るい光が激しく交錯する、混沌としていて摑み所がないのに、異常な活力が満ち溢れている世相でもあった」（「半どんの会」につながる文人たち（一）「半どん」158号）〉

一九四九年（昭和二十四年）　二十歳

七月、詩誌「幻想」（伊勢田史郎発行創刊）。同人に中村隆、西本昭太郎（編集、ガリ切り）。表紙絵・広田善夫。三号まで。小林武雄が毎号エッセイ掲載。

一九五〇年（昭和二十五年）　二十一歳

十月、詩誌「ＭＥＮＵ」（広田善緒創刊、戦前のシュルレアリスム、モダニズムの批判的継承、「新領土」の再検討など精力的に活動）に参加。岩本修蔵、手塚久子、志村辰夫、今田久、伊藤正斎、芦塚孝四、金田弘、桑島玄二、鹿狩浩、深瀬基寛などを知る。

この年、重要産業新聞社に移る。

各務豊和を通じ神戸大教授Ｓ・Ｆ・パードンを知る。毎週末、藤本義一を加え、パードン宅にてブリッジ。またこの頃、坂本真三を通じ久坂葉子、富士正晴を知る。

一九五一年（昭和二十六年）　二十二歳

七月、「ÉＣＯＬＥ」1、大江昭三との大江がガリ版する二人誌。「École. スナワチ／城塞／ソレハ、築カナケレバナラヌ／ソレハ、壊サナケレバナラヌ」巻頭詩に「廃園」「白きトワアル」発表。

この頃、北園克衛が来神し、一晩、詩について語りあかした。

一九五二年（昭和二十七年）　二十三歳

一月、第一詩集『エリヤ抄』（エバンタイ・クラブ刊）。詩十二篇収載。

〈「道が続く。何処へか、それは知らない。ただ道が続いているのだ。僕は佇む。疲れたからでは

第２詩集『幻影とともに』1959年

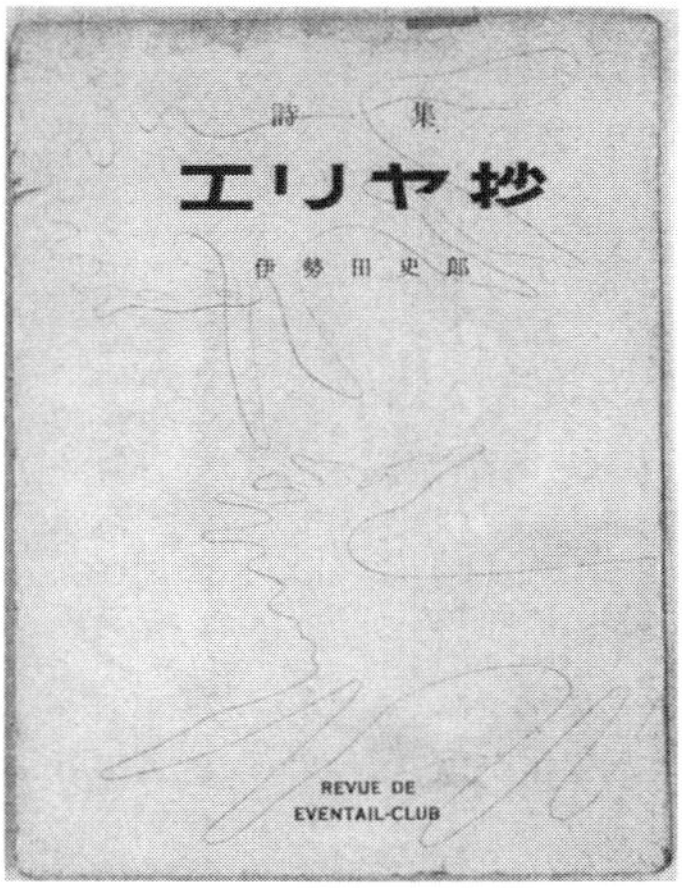

第１詩集『エリヤ抄』1952年

ない。道の遠さにためらったからでもない。坦々として何処にかつらなるこの街道に、僕は一人でただ何となく佇立しているだけなのだ。…一陣の風と共に茫漠とした僕の影が路上にゆらいだ、それは、常に影のみを凝視し続ける僕の不安な思考にいらだたしく出発を促すのだ。〈陽の涯へ〉と」あとがき「陽の涯―旅人はかへらず〈キーツ〉」

一月か二月、『エリヤ抄』出版記念会。２９４頁写真。会場は元町「グリル丹平」（「ビーハイブ」とも書かれている）。

四月、大阪ガス㈱神戸支社入社。大阪ガスの神戸支社は新開地本通の南端、旧西国街道に面する神戸ガスビルのなかにあった。

〈「ガスの検針係を五年あまり担当した」〉

七月、芸術文化団体「半どんの会」発足。

一九五五年（昭和三十年）　二十六歳

五月、詩誌「輪」（中村隆、山本博繁、貝原六一、伊勢田史郎）創刊。

〈「創刊号は貝原六一の表紙、カットにグリーンの題字。中村が作品「黒い輪」外八篇、伊勢田が「影」外八篇、山本が小説「窓と光と」を掲載した。この号は大久保の刑務所で印刷」（「輪の15年─創刊より29号まで」「輪」30号）〉

一九五七年（三号）以後六〇年（十号）までに、一条寺鉄男（直原弘道）、岡見裕輔、西田恵美子、灰谷健次郎、海尻巌、なかけんじ、赤松徳治、岩渕欽哉、北見哲哉、子森洋介、桑島玄二が参加。「輪」の名前は新開地の赤提灯で伊勢田の命名で生まれた。本誌「輪」の他に、「輪通信」を発行した。

一九五六年（昭和三十一年）　二十七歳

十二月二十日、久保幸子と結婚。神戸市兵庫区湊川町5丁目72に住む。

一九五八年（昭和三十三年）　二十九歳

七月十八日、祖父善吉死去。享年八十四歳。

九月三日、長女恵里出生。

一九五九年（昭和三十四年）　三十歳

五月、『詩集神戸1959』（現代詩神戸研究会発行）アンソロジーに、「肝のうた」「人間の背後」掲載。

六月、第二詩集『幻影とともに』（創元社刊）。〈「1952年以後「MENU」「CLARTÉ」「神戸文学」「輪」などに…発表」あとがき）〉した十三篇。発行者・矢部良策、装幀・貝原六一。略歴に「現代詩神戸研究会会員」「新日本文学会会員」とある。

七月十二日、『幻影とともに』出版記念会。新開地の喫茶店「リリック」で開催。

八月、ラジオ関西「夜の詩集」セレクターを中村隆が担当、協力する。京阪神の詩人の作品五十四氏（京都・中江俊夫、姫路・向井孝など）九十一篇を声優により放送。この番組は年末に終わるが、のち「冬の詩集」「ダイヤモンド詩集」として復活。

『100年の詩集』1967年

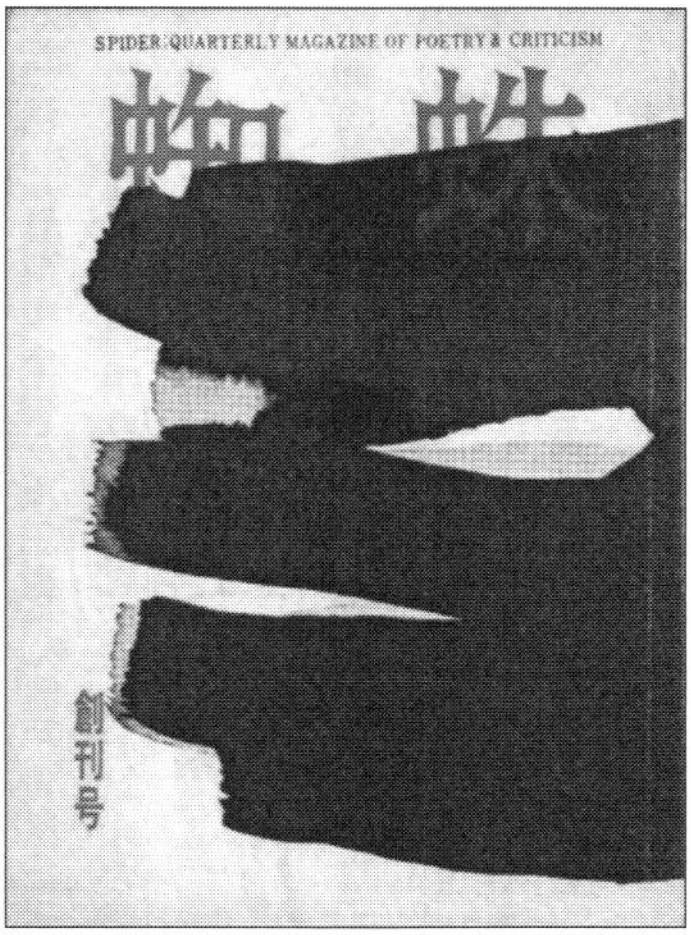

「蜘蛛」創刊号、1960年12月

九月二十日、祖母キヌ死去。享年八十三歳。

一九六〇年（昭和三十五年）　三十一歳

二月、詩誌「蜘蛛」（中村隆、君本昌久、伊勢田史郎、安水稔和）創刊。詩と批評を中心に、公的な文学雑誌として出発。寄稿者は延べ二〇〇人。神戸詩史の発掘に尽力。鈴木漠、松尾茂夫など新人にも場を提供。現代詩講演会（西脇順三郎）、七月の詩祭などの事業を行った。

六月三日、「安保反対・学者文化人の行進」デモに「輪」のメンバーほとんどが参加。

同月、「輪」9号、『幻影とともに』特集号、桑島玄二参加。

一九六一年（昭和三十六年）　三十二歳

この年、「郷土誌採点」（神戸新聞文化欄、蜘蛛編集グループ担当）。

一九六二年（昭和三十七年）　三十三歳

五月二十日、長男晋《すすむ》出生。

一九六四年（昭和三十九年）　三十五歳

六月二十日、「神戸現代詩講演会の夕」を、「蜘蛛」編集グループ・日本現代詩人会・神戸新聞で共催（於・神戸中小企業労使センター大ホール）。西脇順三郎・安藤一郎・木下常太郎・小野十三郎講演。

〈「司会は神戸在住の竹中郁。詩人たちだけでなく一般の人も多数来会して聴衆は四〇〇人を越え会場の外に溢れた」（安水稔和「神戸の街で」より）〉２９６頁写真。

一九六五年（昭和四十年）　三十六歳

六月、『蜘蛛』８号で終刊。

八月、『蜘蛛』編集同人四人で、岡山県湯原温泉へ、休刊旅行に出かける。

一九六七年（昭和四十二年）　三十八歳

五月十三日、「輪」の中村隆、なかけんじと広島へ、広島で桑島玄二、政田岑生、山田廸孝らをまじえ例会。平和公園へ。この時桑島、政田は広島にいた。

〈「原爆資料館。…焼けただれ、ぼろのようにたれさがり、水を求めながら、くずれ、死んでいった何と多くの人々。… 〝かえりみる〟 ということ。そして語りつがねばならぬ、ということ」（「わがヒロシマ・わが潰瘍」「輪」23号）〉

十一月、『一〇〇年の詩集』（日東館書林刊・蜘蛛編集グループ中村隆・君本昌久・伊勢田史郎・安水稔和編。「序文」は安水稔和、「兵庫・神戸一〇〇年の詩史ノート」「年表」は君本昌久、「作品及び詩人の略歴」は中村、君本、伊勢田、安水が当たった）。サブタイトルは〝兵庫・神戸・詩人の歩み〟。明治期十一人（前田泰一〜川路柳虹）、大正期十人（竹友藻風〜山村順）、昭和期戦前十一人（坂本遼〜杉山平一）、昭和期戦後三十三人（野間宏〜松浦直巳）。に「人間の背後」（「ひとりの男の背後には　くらい運河のまがりかどがある…」）収録。

この頃、エリッヒ・ヘラー『現代詩の賭』（安田章一郎訳）出版。安田氏を知る。

一九六八年（昭和四十三年）　三十九歳

四月、大阪ガス㈱本社総務部勤務となる。

十月、内田克巳『大阪手帖』編集発行人を知る。以後詩文、小説多くを発表。

十一月、詩集『錯綜とした道』（国文社刊）。

〈「…彼のもつ語彙を詩語に変貌させる作業が、かなりきびしいモラルによっている、ということであった。言葉の一つ一つを、非情なまでにつきはなしてみること。言葉の構成要素としての言語を切断して、再組成し組み変えられた言葉が、いつでもポジとネガの関係をひとつのフレーズにつなぎとめるような作業が繰返されているのである。…フレーズはまた言葉が分断されていて、情緒的に流れようとするものを渋滞させる。つまり自然発生的に流れようとする感覚をおし戻し停止させることによって、意識的に一廻転した詩語の定着をつくり出そうというのである」（『錯綜とした道』跋文・広田善緒）〉

一九六九年（昭和四十四年）　四十歳

十月、「輪」28号、「伊勢田史郎小特集」。

一九七一年（昭和四十六年）　四十二歳

一月、大阪ガス社内誌「ガス灯」に「船場物語」を連載。朝日新聞に取り上げられ、話題となる。記者石津定雄。「船場物語」の連載に登場するのは町人学者の山片蟠桃をはじめ緒方洪庵、小西来山、井原西鶴、近松門左衛門、住友吉左衛門、鴻池善右衛門ら江戸期の経済、医学、文化、芸能などを仕切った骨太な船場人脈だった。

一月九日、「輪」30号記念例会。港野喜代子、中村光行など出席。

三月六日、「輪」の仲間で豊岡へ。伊勢田が五ヱ門風呂からなかなかあがってこないので見にいくと「始めにうすめすぎ、ぬるくなり仕様がないから、なかで坐禅を組んできた、と云った」（「輪」31号）。

一月〜十二月、「山の遠近」、雑誌「オール関西」巻頭詩として掲載。

一九七三年（昭和四十八年）　四十四歳

二月〜七月、「素描・わたしの住んでいる市の一部」六篇、「月刊神戸っ子」に〈ポエム・ド・コウベ〉として掲載。

十一月十五日、母静子死去。享年六十七歳。

一九七四年（昭和四十九年）　四十五歳

四月、神戸・天津友好の船コーラル・プリンセス号にて中国訪問（妹尾太郎、市野弘之、服部清美、長岡うろお、上尾忠生、新谷英子など芸術文化代表二十名の一人として）。

五月、「輪」38号＝広田善緒追悼発行（一月九日死去、六十歳）。追悼文「夢」掲載。

一九七五年（昭和五十年）　四十六歳

六月、神戸新聞文化センター（理事長・妹尾太郎）明舞ＫＣＣ児童詩教室講師。約二十年担当。生徒に豊原清明（のち第一回中原中也賞受賞）、安積伸（デザイナー・在ロンドン）など。

六月十六日、父善太郎死去。享年七十二歳。

八月、「輪」41号＝特集戦後30年、増頁92頁発行（編集、伊勢田・直原弘道・岡見裕輔）。

九月、「錨地」創刊。現代詩研究グループ「錨地の会」伊勢田史郎、渡辺信雄、井上栄一ほか。一九八二年11号で終刊。

一九七六年（昭和五十一年）　四十七歳

五月、ＮＨＫ（神戸）テレビ「兵庫史を歩く」〝清和源氏のふるさと多田神社〟講師。以後二〇〇六年五月までに三十七回出演。

一九七七年（昭和五十二年）　四十八歳

一月九日、故広田善緒（文徳院善学自澄居士）遺稿詩集『とらわれの唄』完成し、墓参。「輪」の会七名。他小林武雄、織田喜久子…。

一九七八年（昭和五十三年）　四十九歳

二月、「呼子《よぶこ》」連載第一回「大阪手帖」二月号執筆より、一九七八年一月号まで二十二回。をさらに改稿し、「月刊ペン」翌一九七九年一月号から「呼子—聞書「倭寇首領《わこうしゅりょう》・五峰王直《ごほうおうちょく》」」サブタイトルを付け、連載。「月刊ペン」誌には、巻頭の写真頁他に詩も続けて書いている。

五月、児童詩集『晴れにはいつも』（月刊ペン社刊）編著。明舞ＫＣＣ児童詩教室の仲間四十五人の作品。教室発足以来、月二冊の詩誌「あさぎり」を発行。その中より選ぶ。各務豊和、子どもの教育を考える作家・詩人・教師・画家の会「すっぽんぽん」有志の協力を得る。

六月、「清和源氏の故郷・北攝多田の周辺」（「大阪春秋」17号）掲載。

一九七九年（昭和五十四年）　五十歳

十二月、詩集『山の遠近』（日東館出版刊）。

一九八〇年（昭和五十五年）　五十一歳

四月、児童詩集『たてぶえ家族』（日東館出版刊、各務豊和・伊勢田史郎編）。児童詩誌「あさぎり」から生まれた『晴れにはいつも』姉妹編。

十月、「森」（渡辺信雄編集発行）創刊。「喝取者」発表。九号（一九八八年十二月）まで毎号詩文を発表。

一九八一年（昭和五十六年）　五十二歳

一月、『兵庫史を歩く』（神戸新聞出版センター刊）杜山悠・谷村礼三郎・春木一夫・各務豊和ほかとの共著。

一九八二年（昭和五十七年）　五十三歳

三月、『船場物語』（現代創造社刊）。跋文、宮本又次「商内の戦場」、石濱恒夫「船場その活力」、横山三郎「船場の会を通じて」など。「淀屋屋敷跡の碑」に偶然めぐりあって以後、訪ね歩いた町と人の歴史を「ガス灯」に連載し、その文章に若干書き加えたもの。町人学者山片蟠桃をはじめ緒方洪庵、小西来山、西鶴、近松、鴻池善右衛門、住友吉左衛門ほか船場に生きた魅力ある人物の片鱗に触れ得たことは幸せだった。また多くの先達に貴重な教示を受けたことも。それにこの本、珍しくよく売れた。

五月、『船場物語』出版記念会、大阪で。

六月、「追悼竹中郁」「輪」54号（一九八二年三月七日死去、七十七歳）。

九月、児童詩集『おもかじいっぱあい』（現代創造社刊、各務豊和と共編）。「あさぎり」より九十四篇。装画・田中徳喜。

一九八三年（昭和五十八年）　五十四歳

三月、半どんの会・芸術賞受賞。

五月、『丁稚あがり道一筋―加藤徳三傳』（日東館出版刊）。

〈「誠実無類の人柄に加えて「始末・算用・才覚」で船場の丁稚から年商百億の実業家に成長した加藤徳三氏の一代記…その人間像には血が通い、背景に船場の歴史が浮彫りされてまことに興味深い」帯文・足立巻一〉

十月、『続兵庫史を歩く』（神戸新聞出版センター刊、共著）。

十一月、小詩集「こどものとき」十二篇「輪」57号掲載（雑誌「ほのぼの」一九八二年八月以降の再録）。

一九八四年（昭和五十九年）　五十四歳

一月九日、ブルーメール賞審査（安水稔和、君本昌久と）時里二郎詩集に決定。
八月十八日、「古稀になった米田透を励ます会＝施餓鬼会」に出席、足立巻一の呼びかけにより、桑島玄二、岡見裕輔、涸沢純平、八篠れい子、華（秋篠）津也子等集まる。二次会のバーで米田、脳梗塞で倒れる。〈「涸沢さんと私で…せまい階段を担いで二階から米田さんを何とか降ろした。両脇を二人で抱えて鯉川筋に出た。私の右足がなんだか温い。米田さんが失禁したのだ。悲しかった。自分のズボンが濡れつつあることではなく」（「亜騎保　生涯のシュールレアリスト」『神戸の詩人たち』）〉
十二月、「小詩集こどものころ」十二篇「輪」59

『よく消たひと』1986年

『船場物語』1982年

号掲載（「ほのぼの」より再録）。

一九八五年（昭和六十年）　五十六歳

八月十四日、足立巻一死去。七十二歳。

十一月、「熊野街道」（八六年一月より、月一回「大阪市政新聞」に連載）取材のため、休暇を利用して断続五年間全行程（「中辺路」）を歩く。同行荒木政男・各務豊和。第一回は大阪八軒屋船着場跡〜「窪津王子」より。九九王子周辺と街道沿いの歴史を探訪、徒歩とジープ（荒木）で辿る。

＊第七回一九八五年度「兵庫詩人賞」受賞。同賞の審査・推薦委員も務めた（文学雑誌「兵庫詩人」綾見謙主宰）。翌一九八六年三月三十一日祝賀会。

一九八六年（昭和六十一年）　五十七歳

一月、『詩集神戸市街図』（足立巻一・小林武雄監修・現代詩神戸研究会編、ジュンク堂書店発行）に「魚屋道」「Amsterdamの船」「箱木千年家の辺り」収載。

三月、「輪」61号＝足立巻一追悼発行。

八月、詩集『よく消たひと』（編集工房ノア刊）。

一九七五年以降の、「輪」「兵庫詩人」「月刊ペン」「森」「センター」「錨地」などに掲載した三十篇。跋文・中村隆・桑島玄二、装幀画・貝原六一。

〈「彼の文学がけわしい岩場を越えるときのように、慎重な配慮と、的確な決断によって、未知な世界を次々と切り拓いていったのも、長い登山体験による持久力と、つねに新しい領分を視界に収める先見性によるものだろう。…技法においても、詩想においても、自己の資質の限界をきわめた表現形式の達成がある」（中村隆・跋文より）〉

〈「伊勢田は山へ行く。…いちど、日本アルプスから下山したばかりで、まだ家にも帰っていない体の伊勢田が、神戸三宮の雑踏の中を縫って歩いているのを垣間見たことがあるが、あのときほど彼を羨望したことはない。助詞など、彼の詩に独特の語法も、山を歩いているとき、危ない足元をたしかめるようにして得たのではないか。山小屋で暖の火をとるようにして、散文性を阻んでいるのではないか」（桑島玄二・跋文より）〉

九月十二日、『よく消たひと』について語る会。

一九八七年（昭和六十二年）　五十八歳

四月、「これ以上神戸市にゴルフ場が必要でしょうか」の呼びかけ人となる。

十一月、『兵庫史を歩く第三集』（神戸新聞出版センター刊、谷村礼三郎、西村忠義、杜山悠と共著、NHK神戸放送局・姫路放送局編）。「兵庫史を歩く」七十五回の記録。

一九八八年（昭和六十三年）　五十九歳

十一月二十六日、「兵庫史を歩く」講師で湯村温泉に泊まる。

一九八九年（平成元年）　六十歳

三月、大阪ガス㈱退社（当時総務部次長）。

四月、大阪ガス・エネルギー文化研究所顧問。

同月、朝日カルチャーセンター（川西）エッセイ教室講師。一九九五年一月十七日阪神淡路大震災で中断、のちＮＨＫ神戸文化センターに教室を移す。

五月、「またで散りゆく―岩本栄之助と中央公会堂」を、「朝日新聞」五月九日より六月十八日まで三十一回連載。

〈「大阪市中央公会堂。ネオルネサンス様式の赤レンガ建築を取り壊し、高層ビル化する計画が持ち上がっていた。伊勢田は反対を訴え始めた。

「中之島には現在のゆとりと景観が必要だ。経済発展のみを追求していくとき、私たちはそこでなにを失っていくのか、そろそろ考えてもいい機会かもしれません」（「船場物語」）呼応するかのように、市民の手で公会堂を守ろうという「赤レンガ基金」が発足した。保存・再生へ市民の寄金を募り、赤レンガを盛り立てる動きに、大阪市は現状で保存することに方針を変える。基金は保存・再生費用の一部10億円を募る計画。

公会堂には秘められた物語があった。北浜の株仲買人岩本栄之助の私財１００万円の寄付によって、大正7年（１９１８）に出来上がっている。しかし、栄之助は赤レンガの完成を待つことなく、自死してしまう。完成後はガスビルと並んで文化の発信地となり、近代名建築の傑作でもあったのだが、老朽化には勝てない。耐震性にも疑問がついてきた。

基金に賛同した伊勢田は、岩本栄之助の生涯をタイトル「またで散りゆく」とし、31回にわたって朝日新聞で連載し、基金への協力を後押しした。株のまち北浜はガスビル本社から十分足らずのところにある。「同じ船場の企業人として栄之助の志を見捨てるわけにはいかなかった」。基金は七億六〇〇〇万円集まり、公会堂は二〇〇二年にリニューアルオープン、そのあと国の重要文化財に指定された」（石津定雄）〉

十月、「階段」（製作・編集工房ノア）創刊。川西エッセイ教室仲間の文章と依頼原稿による「エッセイと詩」誌として創刊。30頁。以後外部執筆者が増え、80〜100頁となる。表紙絵・本文カットも友人の画家・写真家たちが提供した。

十月三十一日、中村隆、脳梗塞で死去。六十一歳。

〈「中村君は、一見武骨な風采で、とっつきにくいところがあった。口数も多い方ではなかったが、文学の話になると、止まる所を知らず、といったふうな面を持っていて、付き合えば付き合うほど味が出てくる人柄であった。…象徴詩人として出発したが、以後、シュールレアリスムへの傾斜をふかめ、やがて社会性の濃い作品を発表しはじめ、そして生活の中の詩へと展開していった。この間、重厚な人柄と芸術に立ち向かう真摯な姿勢に共感して、金物店に出入りする多くの後進に君は影響を与えていく。…酒の飲み友達であり、詩の友であり、人生のよき教師でもあった君は、幽明境を異にしてしまったのだ。…今はもう、君がよく私に示してくれたユウェナリウスの諷刺詩の一行〝死、それは自然の恵みの一つ〟を思いおこし、残されたものの慰めとするしかないであろう」（「重厚な人柄、真摯な姿勢―中村隆君の死を悼む」伊勢田史郎「神戸新聞」十一月十八日掲載より）〉

一九九〇年（平成二年）　六十一歳

六月、「輪」68号＝中村隆追悼発行。

この年、富田砕花賞推薦委員（のち選考委員）。

一九九一年（平成三年）　六十二歳

二月、『熊野詩集』（詩画工房刊）。一九八七年以降の「輪」「柵」「森」「兵庫詩人」「手まり」「半どん」「現代詩神戸」などに掲載した五十二篇。

〈「紀州熊野路をこよなく愛する強固な知性が、鳥と語り、獣の脚あとを辿って、秘境に点在する伝説をひろいあつめ、時にはそのエロチシズムの中にも埋没する。空に懸かる33篇の星座の煌めきは不思議で妖しい」帯文・桑島玄二〉

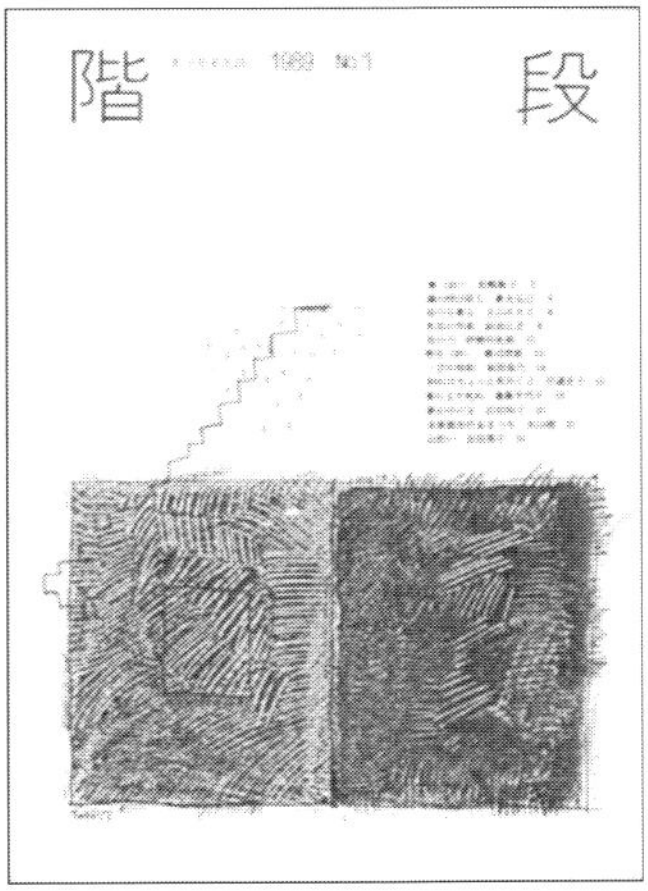

「階段」創刊号、1989年

詩集『阪神淡路大震災』1995年

四月二十六日、妻幸子死去。享年六十三歳。

〈「四月のおわり、妻は尿道から葡萄球菌を感染、四十度前後の高熱がつづき、心筋梗塞を併発、これが命とりとなって死んだ。事後の処理に二度、病院に出かけた。二度とも風雨の強い日であった。一度などは傘の骨を折ってしまった。その崖の草叢で白い猫が雨にしょぼたれて「にゃあにゃあ」と鳴いていた。白い毛並みが灰色に汚れていた。そして、白い雨脚が断続的に病院の坂道を駆け抜けて行くのだった、激しいものが流れていて、道は河に変わっていた」（「病院の坂道」「階段」6号）〉

五月、「戎さんの本当の顔は……」（「葦火」16号・大阪芸術大学大阪の文化研究会発行）掲載。

一九九二年（平成四年）　六十三歳

七月、『兵庫史を歩く完結編』（神戸新聞総合出版センター刊、谷村礼三郎、杜山悠と共著、NHK神戸放送局・姫路支局編）。NHK「兵庫史を歩く」番組スタート以来、一〇〇回延べ二万五千人の参加者を数える。
十月十三日、神戸市文化賞受賞。
十一月、「輪」72号＝桑島玄二追悼発行（五月三十一日死去、六十八歳）。

一九九四年（平成六年）　六十五歳
五月、神戸芸術文化会議議長（第十一期〜十三期）。
十月、「井植文化賞」第十八回の選考委員（君本昌久・安水稔和と）鈴木漠を選する。
この年、神戸市文化賞選考委員。兵庫県芸術文化協会評議員（のち理事）。

一九九五年（平成七年）　六十六歳
一月十七日、阪神淡路大震災。自宅全壊、長男宅に避難。一年半後もとの地に復帰。（M7・3、死者6434人、負傷43792人、住宅被害639686棟、ピーク時の避難316678人、被害総額約10兆円）
二月、アートエイド神戸実行委員長。島田誠、中西勝、中西覚、伊藤誠、井上和雄等の諸氏とともに被災した芸術家の救援。被災した市民にコンサート、美術展、詩の朗読、震災詩集の出版頒布など芸術文化の提供、その他の事業を行った。
〈「アート・エイド・神戸」設立趣意「アートの力で神戸に活力を」未曾有の大地震によって、私たちは愛する肉親や知人を失いました。また、私たちの誇りであった美しい神戸は、瓦礫の街に変貌してしまいました。／いま、市の中心部では、連日建物が取り壊されており粉じんが市民の頭上をくらく覆っています。ある日、給水車の前で、私は女の人に話しかけられました。〝粗い砥石にかけられたようなもの。心の中までざらざらだわ〟と。／程度の差はありますが、芸術や文化に携わる私たちの仲間も、大半が災害に遭遇いたしました。しかし、何時までも悲しみの淵に沈んでいるわけにはいきません。私たちは、美術や音楽、演劇や文学などを通して、神戸に活力をもたらし、外見だけではない、より魅力的で美しい神戸の再生に尽力したいものと、まず第一歩を踏み出しました。／どうぞ、この「アート・エイド・神戸」の運動に、一臂の力をお貸しください。／設立にあたって　伊勢田史郎〉

四月、関西学院大学（三田キャンパス）非常勤日本語講師（中国・韓国・台湾・スリランカの留学生二十余名が対象）。

同月、詩集『阪神淡路大震災』（アート・エイド・神戸刊、呼びかけ人、伊勢田史郎・志賀英夫・直原弘道・松尾茂夫・安水稔和・和田英子共編）発行。参加詩人一五五名。伊勢田史郎詩「罹災証明」。

五月、「光りもの・その他」（「光りもの」「風」「罅」「粉塵」「花」「行列」「灯」）震災詩七篇「輪」77号掲載。

〈「伊勢田の震災詩「行列」は、兵庫県音楽活動推進会議代表の中西覚の手で作曲され、県内のコンサートホールで演奏された。「行列」には、代替バスの到着を六十分待つ人、大声は出さず、給水車横に並ぶ顔、急造の風呂にはいろうと、朝七時からやってきたおばあさんの表情が、生き生きと描かれている。これがきっかけで他の震災詩も作曲され、多様な震災コンサートの開催につながり、被災者の共感を呼んだ」（石津）〉

七月十五日、桑島玄二詩碑除幕式（香川県白鳥町）に参列。

八月三日、「夕刊フジ」に「大震災日誌　負けてたまるか！　詩人155人のアンソロジー『詩集・阪神淡路大震災』インタビュー記事掲載。

八月十七日―二十四日、日中友好教育交流団（兵教組主宰）顧門として中国旅行。北京・重慶・武漢・上海各地の教育関係者と懇談。

九月十六日、神戸ナビール文学賞を祝う会（第二回より詩部門、選考委員（桃谷容子『カラマーゾフの樹』、大西隆志『オン・ザ・ブリッジ』）、以降第十三回（二〇〇六年）まで。

この頃、全身の湿疹、主治医によれば心因性とのこと。

一九九六年（平成八年）　六十七歳

一月、作品「地震の痕」を「朝日新聞」に発表。

同月十七日、『阪神淡路大震災第2集』（詩画工房刊、共編）、「被災地に居住する詩人と被災地につながる地縁、人縁」の詩人一二九名が参加。「見者の午后」を収載。

同月、エッセイ集〈戦後五十年〉普通の市民二十人の『私が愛した人生』（編集工房ノア刊、編著）。朝日カルチャーセンター・川西のエッセイ教室の仲間たちによるアンソロジー。

四月二十八日、第一回中原中也賞（山口市主催）豊原清明『夜の人工の木』（霧工房刊）受賞式に出席。祝辞をのべる。増田まさみ、渡辺信雄出席。

六月、「輪」79号＝海尻巌追悼発行。

この年、椎間板ヘルニア。川崎病院に入院。のち神戸市立市民病院に転院、手術する。

一九九七年（平成九年）　六十八歳

一月十三日、震災二周年を期して、「兵庫アートウィーク・イン東京」文学部門「シンポジウム「詩人たちは何を伝えたか」を西神田「カンダパンセ」で開催。パネリストは秋谷豊、伊勢田史郎・杉山平一・安水稔和。コーディネーターは直原弘道。

一月十七日、詩集『阪神淡路大震災第三集―復興への譜』（詩画工房刊、共編）。参加詩人一二九名。

一月二十五日、「毎日新聞」に「明日、水面は端正にしずまる―東京のシンポ「詩人は何を伝えたか」から」掲載。

三月、『日本人の原郷　熊野を歩く』（大阪ガス・エネルギー文化研究所刊）。

三月二十二日、君本昌久死去、六十八歳。

十一月二十三日、兵庫現代詩協会結成（会長・安水稔和）。

一九九八年（平成十年）　　　　　六十九歳

一月、『ひょうご現代詩集'98』（兵庫県現代詩協会編集発行）に、「朱いろの蛇」掲載。

十一月、エッセイ集普通の市民二十三人の『私が愛した人生』続篇『十五夜の指』（編集工房ノア刊、編著）。装幀画・中西勝。

〈「この二月の中旬から四月の終わるころまで入院生活を余儀なくされた。ある日、突然、左大腿部に強烈な痛みが走り、顚倒。以後、歩けなくなってしまったのだが、これは、腰椎の分離辷り症だとか、椎間板ヘルニアなどが、疲労の蓄積と発熱を引き金にして一気に顕在化…神経根を圧迫していた髄核を手術で除去…大腿部の神経痛は何とか治まった。…退院後は、腰にコルセット、手にはステッキ…何とも情けない仕儀になってしまったものである」あとがき〉。装幀画・中西勝。

一九九九年（平成十一年）　　　　　七十歳

二月、『'99こうべ芸文アンソロジー』（神戸芸術文化会議・編集発行）に「戸隠」掲載。

三月、大阪ガス・エネルギー文化研究所顧問退任。

六月五日、「'99日本の詩祭」（於・一番町・ダイヤモンドホテル）、先達詩人顕彰、小林武雄の業績を紹介。

二〇〇〇年（平成十二年）　　　　　七十一歳

一月、「布曳瀧と三つの物語など」講演（「神戸史談」新年例会で、２８６号（七月）に講演録掲載）

九月、「火の神と火の起源」（『炎と食―日本人の食生活と火』大阪ガスエネルギー・文化研究所・炎と食研究会・編集）掲載。

九月二十八日、編集工房ノア創業二十五周年記念会〈文芸の方舟・新しい海〉に出席。スピーチする（於・大阪梅田・新阪急ホテル）。

十月、「井植文化賞」第二十四回の選考委員（鈴木漠・安水稔和と）時里二郎を選する。

二〇〇一年（平成十三年）　七十二歳

一月、「輪」89号＝なかけんじ追悼発行（二〇〇〇年九月二十六日死去、八十一歳）。「なかけんじの遺していったもの」掲載。

二月、エッセイ集『門前の小僧』（編集工房ノア刊、編著）。『私が愛した人生』シリーズ「普通の市民十八人の」第三集。

三月、詩集『低山あるき』（詩画工房刊）。一九九一年『熊野詩集』以降、「海鳴り」「輪」「柵」「詩と思想」「詩集『阪神淡路大震災』」「朝日新聞」「兵庫詩人」に発表した四十四篇。曲譜「行列」（震災詩「二列におならびください／ここが最後尾です…）作曲・中西覚収録。跋文・石原武。装幀画・中右瑛。

〈「…一切の衒いや気取りを払いのけた清々しさがある。あれから病気や周りの死など様々な受難を経て、とりわけ、阪神大震災の惨禍を経験し、伊勢田さんはおそらく所謂現代詩の作為に満ちたレトリックなどの空しさを思い知ったのにちがいない。苦難の中を生きる人間の像姿、沈黙する草たちの中に胡座して、やがて歩き始める人の厳然とした心の風景、伊勢田さんの詩境は形而上学的な深まりを見せている」石原武「『低山あるき』に寄せる　伊勢田史郎の詩風景」より〉

六月、『中村隆全詩集』（編集委員、澪標刊）、「クラルテを求めて」執筆。十一月二十八日、生田神社会館で偲ぶ会（十三回忌）、世話人代表としてスピーチする。

十一月三日、兵庫県文化賞受賞。

二〇〇二年（平成十四年）　七十三歳

（2月8日（金）　夜、ブルーメール賞選考会、伊勢田史郎さん鈴木漠さんと。今村欣史詩集『コーヒーカップの耳』に決まる。＝安水稔和「日録抄」『十年歌』より）

三月、評論『神戸の詩人たち』（編集工房ノア刊）。詩誌「柵」72号（一九九二）から88号（一

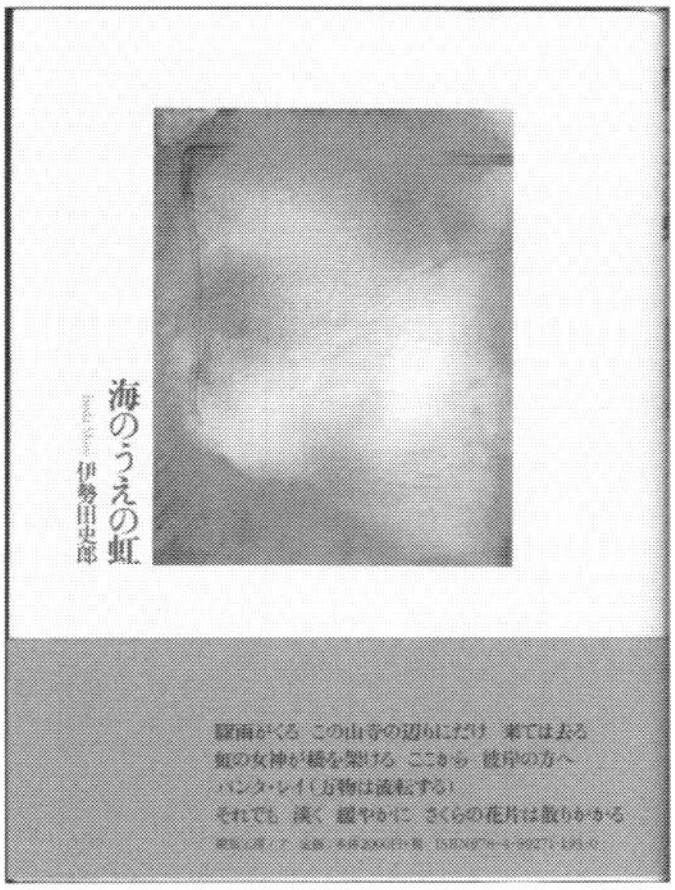

最後の詩集『海のうえの虹』2012年

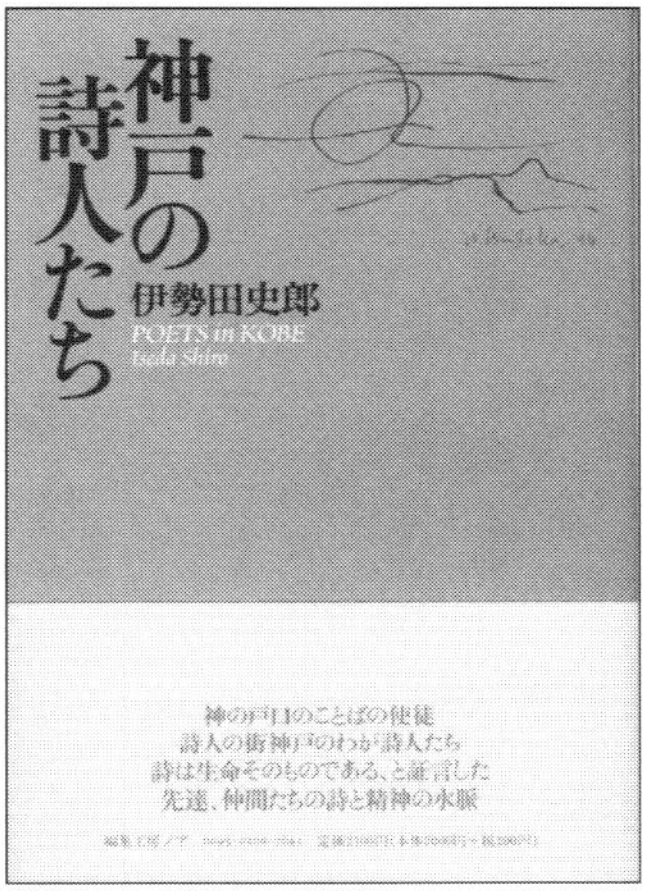

『神戸の詩人たち』2002年

九九四）まで十三回にわたって書いた「私の出会った神戸の詩人たち」に、書評、悼詞、跋文などを加えた。詩人たちは中村隆、広田善緒、小林武雄、亜騎保、綾見謙、岩﨑風子、岡見裕輔、海尻巌、北見哲哉、倉田茂、桑島玄二、直原弘道、杉山平一、豊原清明、なかけんじ、灰谷健次郎、丸本明子、三浦照子、山本博繁、山南律子、安水稔和、渡辺信雄。装画・津高和一。

六月、詩「戸隠・凧」他三篇を「現代詩神戸」２００号記念アンソロジーに掲載。

十二月、「輪」93号＝小林武雄追悼発行（五月六日死去、九十歳）。「小林武雄　その詩の未来」掲載。

二〇〇三年（平成十五年）　七十四歳

三月、エッセイ集普通の市民二十二人の『私が愛した人生』第四集『美男と美女の置き土産』（編集工房ノア刊、編著）。

五月、兵庫県現代詩協会会長（二〇〇五年五月まで)。

十一月八日、「富田砕花賞」贈呈式、第十四回より選考委員となる(皆木信昭『ごんごの渕』受賞)。第二十三回(二〇一二)まで務める。

二〇〇四年(平成十六年)　七十五歳
(1月30日(金)　午後、「神戸っ子」編集室で、ブルーメール賞選考会、伊勢田史郎さん鈴木漠さんと。水こし町子詩集『種子になる』に決まる。＝安水稔和「日録抄」『十年歌』より)

三月、詩集『妙音林からの手紙』(編集工房ノア刊)。雑誌「ほのぼの」に連載した児童詩、ファンタジー。装画・坪谷令子。

〈「妙音天は弁才天の別名です。…妙音林は芸術の守護神・妙音天の住む林です。ひっそりと静まりかえっている場所です。誰でも目をつむって、心をすまして、思っていると辿り着くことが出来ます」あとがき〉

二〇〇五年(平成十七年)　七十六歳
一月十四日、「ぐっどもうにんぐコンサート」作詞・伊勢田史郎、朗読・玉川侑香(於・神戸市産業振興センター大ホール)開催。

三月、詩集『龍鐘譚ほか』(詩画工房刊)。「ガス灯」「輪」「詩と思想」「風神」「半どん」「MARI」発表二十九篇収録。装画・岩﨑風子。

同月、エッセイ集普通の市民二十一人の『私が愛した人生』五集『男の意地　女の意地』(編集工房ノア刊、編著)。装幀画・中西勝。

四月、「輪」98号＝貝原六一追悼発行(二〇〇四年七月二十九日死去、八十歳)。

二〇〇六年(平成十八年)　七十七歳
二月、『ひょうご現代詩集2005』(兵庫県現代詩協会刊)に「夕ぐれ時」掲載。

七月、詩誌「輪」(100号)終刊。「茫茫五十年―「輪」九十九号を振り返る」(「輪」は、わたしの母体であり、母胎であった)掲載。最終同人、赤松徳治、伊勢田史郎、岩﨑風子、岡見裕輔、各

務豊和、北原文雄、倉田茂、直原弘道、坪谷令子、灰谷健次郎、丸本明子、山南律子、渡辺信雄、装画・田中徳喜。

九月十七日、第十三回神戸ナビール文学賞受賞を祝う会、本賞最終となる。

二〇〇七年（平成十九年）　七十八歳

一月、『伊勢田史郎詩集』（新・日本現代詩文庫46・土曜美術社出版販売刊）。『エリヤ抄』より一篇、『幻影とともに』より六篇、『錯綜とした道』より十篇、『山の遠近』より十八篇、『よく肖たひと』より十八篇、『熊野詩集』より十六篇、『低山あるき』より二十八篇、『妙音林からの手紙』より六篇、『龍鐘譚ほか』より八篇、未完詩篇より七篇、全一一八篇、エッセイ「詩即人生を貫いた詩人―中村隆のことなど」、解説・松尾茂夫「伊勢田史郎―その詩その周辺」、自筆年譜。

二〇〇八年（平成二十年）　七十九歳

一月二十日、神戸史談会新年例会にて「日本人の原郷・熊野を歩いて」講演。

三月、『日本人の原郷・熊野を歩く』（編集工房ノア刊）。一九九七年大阪ガス・エネルギー文化研究所から出版したものを改稿。新稿を加え出版。写真・荒木政男。

〈「〃一草一本各一因果〃という言葉がある。一本の草、一本の木にも因としての仏性があり、また果としての成仏がある。…二人の知友とともに草をかき分けて道をさぐり、王子の跡を訪ね歩きながら、私はこれらの言葉に何となく共鳴していた。それに、私を生かしてくれている大いなるものの存在をも、それとなく感じたりしていた。熊野の自然、歴史や伝承のなかに、人をいきいきと蘇らせる何かがあった。それに出会った人たちの何と魅力的だったことか」おわりに〉

七月二十六日、「西日本ゼミナールin神戸」に出席（於・兵庫県民会館ホール）。

二〇〇九年（平成二十一年）　八十歳

十月三日、第三十三回「井植文化賞」受賞。『日本人の原郷・熊野を歩く』の功績。

二〇一〇年（平成二十二年）　八十一歳

三月、NHK文化センター（神戸）カルチャーセンター講師を退く。朝日カルチャーセンター（川西）から通算十一年間続けた。後任に野元正を指名。

二〇一一年（平成二十三年）　八十二歳

三月十九日、「詩誌『蜘蛛』の時代」（主催・兵庫県現代詩協会）で安水稔和と対談。原田の森ギャラリー。

二〇一二年（平成二十四年）　八十三歳

三月、詩集『海のうえの虹』（編集工房ノア刊）。『龍鐘譚ほか』（二〇〇五）以降に「朝日新聞」「輪」「階段」「風神」「詩と思想」などに発表したもの、二十二篇。装画・中右瑛、装幀・森本良成。

〈わが老師は虚空を指差した／／虹の女神が橋を架けとる／ここから　それ　彼岸の方へ（「海のうえの虹」最終行）〉

十一月、第二十三回「富田砕花賞」選考委員（高橋冨美子『子盗り』、嶋岡晨『終点オクシモロン』）。本回で退任。

二〇一三年（平成二十五年）　八十四歳

六月、「階段」41号発行。終刊とする。

〈「編集・発行人の都合（主として体調の不具合）のため…この41号をもって終刊にさせて頂くことにしました。…不本意だが、どう仕様もない。明日は…循環器系の西堀先生に会いに病院に行く日だ。血液検査、尿検査、心電図の計測もやらねばならん。…長生きは良きものだ。帰宅すれば、玄関脇の鉢植え、紅・白・薄桃いろのサツキツツジが満開である」あとがき〉

七月六日、「半どんの会」六十周年記念会でスピーチ（ホテルオークラ神戸）。「半どん」160号＝六十周年記念特集号（発行人・伊勢田史郎）

伊勢田史郎が住んだ家（左側）、たくさんの鉢植えが育てられていた。
神戸市兵庫区湊川町5-5-2

発行。「半どん」代表を退く。

二〇一四年（平成二十六年）　八十五歳

四月二十九日、「島京子さんの『雷の子』出版と地域文化功労賞表彰をお祝いする会」に発起人として出席。

二〇一五年（平成二十七年）　八十六歳

七月一日、川崎病院に入院。
七月二十日午後五時四十二分、肝臓がんのため、川崎病院にて死去。八十六歳。法名・釋《しゃく》史《し》考《こう》。墓所・神戸市営西神墓園。
〈「…取材の機会にも恵まれたが、その何倍もの時間、酒席を共にさせていただいた。／店は決まって神戸・新開地の古い居酒屋。傾いたカウンターの一隅で悠然と杯を傾ける姿は、何とも絵になった。同年配の文化人らに交じり、若輩の私を仲間に入れてくれていたのは、何かを伝え残そうという気持ちからだったのだろうか。決して上から物を教えるという口ぶりではなかったけれど、伝

説的な詩人や作家の名前が自然に飛び交う会話から、どれだけ多くを得たか知れない」「神戸新聞八月九日・平松正子」より〉

〈「…伊勢田史郎は意志の人だった。阪神・淡路大震災直後からのアート・エイドなど多方面の活躍に明らか。伊勢田史郎は博識の人だった。説話伝承の世界を見事にえがいた後期の詩集群によくうかがえる。／さらに言えば、伊勢田史郎はやさしい気くばりの人だった。酒酌み交わした心暖まるおだやかな時間を思い出す」安水稔和「伊勢田史郎さんを悼む」「神戸新聞」七月三十一日より〉

七月二十九日、「朝日新聞」「詩人・伊勢田史郎さんを悼む」元朝日新聞記者・石津定雄掲載。

十月十二日、「伊勢田史郎さんお別れ会―みんなで語ろう、飲もう」を、生田神社会館で行う。発起人、石井亮一・加藤隆久・木村光利・島京子・島田誠・鈴木漠・高士薫・たかとう匡子・中西覺・新野幸次郎・安水稔和・安場耕一郎・山田弘・吉田泰巳。一二〇名出席。

十二月、「半どん」１６５号＝伊勢田史郎追悼発行。

二〇一六年（平成二十八年）

六月、「またとない時間―伊勢田史郎さんを偲んで」渡辺信雄、「海鳴り」28号に掲載。

（『伊勢田史郎詩集』（新・日本現代詩文庫46・土曜美術社出版販売）自筆年譜を基に、石津定雄「伊勢田史郎　出会いと人と」参照、「輪」他資料、関連引用を含め作成）

またで散《ち》りゆく
—岩本栄之助と中央公会堂

二〇一六年十月一日発行

著　者　伊勢田史郎

発行者　涸沢純平
発行所　株式会社編集工房ノア
〒五三一—〇〇七一
大阪市北区中津三—一七—五
電話〇六（六三七三）三六四一
FAX〇六（六三七三）三六四二
振替〇〇九四〇—七—三〇六四五七
組版　株式会社四国写研
印刷製本　亜細亜印刷株式会社

ISBN978-4-89271-257-9

表示は本体価格

神戸の詩人たち　伊勢田史郎

神の戸口のことばの使徒。詩人の街神戸のわが詩人たち。詩は生命そのものである、と証言した、先達、仲間たちの詩と精神の水脈。　二〇〇〇円

日本人の原郷・熊野を歩く　伊勢田史郎

第33回井植文化賞受賞　この街道の、この山河の何と魅力的であったことか。熊野詣九十九王子、熊野古道の伝承、歴史、自然と夢を旅する。一九〇〇円

海のうえの虹　伊勢田史郎

詩集　驟雨がくる　この山寺の辺りにだけ　来ては去る　虹の女神が橋を架ける　ここから　彼岸の方へ　パンタ・レイ（万物は流転する）　二〇〇〇円

妙音林からの手紙　伊勢田史郎

こどもたちにおくる小さなファンタジア　妙音天は弁才天の別名です。妙音林は芸術の守護神・妙音天の住む林です。詩の神さまからの贈物。二〇〇〇円

よく消たひと　伊勢田史郎

詩集　彼が長年かかって到達した詩の究極のかたちが見える。技法…詩想においても、自己の限界をきわめた表現形式の達成がある(中村隆)。二〇〇〇円

私が愛した人生　編著伊勢田史郎

普通の市民二十人の〈戦後五十年〉――戦災から震災へ、元教員、元マスコミ・元広告会社幹部、元ゼネコン技師、元消防局長、元銀行員他。一七四八円

狸ばやし　富士　正晴
〔ノア叢書2〕老いについて、酒について、書中の旅、私用の小説、書きもの、調べごとなど「どうなとなれ！」ではない富士正晴の世界。　一六〇〇円

物言わざれば　桑島　玄二
〔ノア業書4〕一貫して戦争と詩を追跡。記録する著者が、詩人は戦時下をどう生き書いたか。無名戦士の死と詩、戦争と子どもの詩ほか。　一九〇〇円

消えゆく幻燈　竹中　郁
〔ノア叢書6〕堀辰雄、稲垣足穂、三好達治、丸山薫、井上靖などの詩人、小磯良平、鍋井克之、古家新、熊谷守一他の出会いを描く。（品切）　二八〇〇円

人の世やちまた　足立　巻一
〔ノア叢書8〕著者自身の編集による自伝エッセイ。幼年時代の放浪から、波乱に充ちた一生を叙述、情熱の人であった著者の人間像が浮かぶ。　二二〇〇円

日は過ぎ去らず　小野十三郎
半ば忘れていた文章の中にも、今日の状況の中でこそ私が云いたいことや、再確認しておかなければならないことがたくさんある（あとがき）。　一八〇〇円

心と言葉　以倉　紘平
人生への感動がなければ、小説も詩も成り立たない。現実に対する深い関心、内発するものが、幻想を生み、幻想と結合する。魂・生命の詩論。　二二〇〇円